PULSACIONES

PULSACIONES

JAVIER RUESCAS
FRANCESC MIRALLES

Dirección editorial: Elsa Aguiar
Coordinación editorial: Patrycja Jurkowska
Diseño: Lara Peces

© Javier Ruescas y Francesc Miralles, 2013
© Ediciones SM, 2013
  Impresores, 2
  Urbanización Prado del Espino
  28660 Boadilla del Monte (Madrid)
  www.grupo-sm.com

ATENCIÓN AL CLIENTE
Tel.: 902 121 323
Fax: 902 241 222
e-mail: clientes@grupo-sm.com

ISBN: 978-84-675-6307-8
Depósito legal: M-19361-2013
Impreso en la UE / *Printed in EU*

Por favor, introduzca sus datos personales para iniciar el programa de mensajería instantánea HeartBits™.

Nombre: **Elia**
Edad: **16**
Horóscopo: **Sagitario**

☑ Ha leído y acepta la política de privacidad.

Nota de uso: Como un corazón que no deja de latir nunca, HeartBits™ contabiliza al final de cada jornada el número de pulsaciones que realiza el usuario en la pantalla del móvil, tanto de caracteres y espacios escritos como borrados, entre otras estadísticas. No existe límite de caracteres en los mensajes, por lo que las abreviaciones ¡han dejado de ser necesarias!

Buda dice...
«Hay dos errores
que puedes cometer
en tu senda a la verdad:
no hacer todo el camino
y no empezarlo nunca».

SUE _ 12:26
¿Eli? ¿Eres tú? ¿En serio?

ELIA _ 12:27
¡Sí! ☺
Hola, Sue.
¡Sorpresaaaaa!

SUE _ 12:27
Dios... Todavía no me lo creo.
¡¿Cómo estás?! ¿Cuándo has despertado?
Me parece imposible que esté hablando contigo.
¡Qué fuerte!

ELIA _ 12:28
Jajaja, pues créetelo.
Ha sido en mitad de la noche.
Los médicos han reaccionado igual que tú.
Parecían una rave de los enanitos
alrededor de Blancanieves.

SUE _ 12:28
No bromees, tía, que lo hemos pasado todos fatal.
Hasta me tiemblan las manos al escribirte.
¿Estás sola?

ELIA _ 12:31
Ahora sí.
Mis padres están hablando con el médico,
pero no tardarán en volver.

SUE _ 12:31
Buah, en serio, estoy llorando...
¡Estás despiertaaaaaaaaaaaaaaa!
:D

ELIA _ 12:33
Despierta... ¡Y con móvil nuevo!
He tenido que caer en coma
para que mis padres escucharan mis plegarias.
Ja-Ja.

SUE _ 12:33
Qué macabra eres...
Bueno, al menos por fin tienes el HBits.
Te habías convertido en mi amiga más cara, ¿eh?
Jejeje.

ELIA _ 12:35
Tendrás que ponerme al día de todo.
Me han dicho que he estado "off" tres días.
Puuuf, me cuesta hasta teclear...

SUE _ 12:35
PUES NO HAGAS ESFUERZOS.
Tú déjalo todo en mis manos.
¡Súper Sue al rescate!
En cuanto vuelva del pueblo te voy a inflar a besos.

SUE _ 12:36
Buah, soy tan feliz de que estés bien...
Porque estás bien, ¿no?

ELIA _ 12:38
Supongo que sí.
Al menos sé quién eres, jajaja.

SUE _ 12:38
¡Ninguna gracia, tía!
Me he pasado HORAS consultando las cartas, el iChing
y hasta los horóscopos de las revistas.

ELIA _ 12:39
Venga ya...
¡Pero si ya sabes que eso último
lo escriben los becarios aburridos!

SUE _ 12:40
Estaba desesperada, jooo.
Y muy preocupada. ☹
No te quiero decir la de velas que he gastado...
¡Ni el disco de relajación de mi madre me hacía efecto!
T-O-D-O me recordaba a ti.
No vuelvas a darme estos sustos, ¿vale?

ELIA _ 12:41
Ok. ¡Lo prometo! ☺
Si por mí fuera, no te habría dado ni este...
Aún me siento a medio camino
entre el sueño y la vigilia.

SUE _ 12:41
Estás aquí, Eli.
Bien lejos de Nunca Jamás.

ELIA _ 12:42
No tengo ni idea de dónde he estado,
pero te aseguro que allí no había
ni sirenas, ni piratas, ni hadas...

SUE _ 12:42
Esos te esperábamos aquí, jejeje.
¿Cuándo te dan el alta?

ELIA _ 12:43
Nena, tengo que dejarte,
mis padres ya están aquí.

SUE _ 12:43
Ok, ok. Llámame luego, ¡porfa!
Re-bienvenida al mundo, Eli.
Se te echaba de menos...
De pronto vuelve a haber más luz por aquí.
Te quierooooo.

ELIA _ 12:44
Gracias, Sue.
¡Yo también!
¡Un besito!

MAMÁ _ 18:11
Llego enseguida, cielo.
Te he cogido todo lo que me has dicho
menos la camiseta amarilla.
¿Seguro que no la tiraste el año pasado?

ELIA _ 18:12
Bueno, no sé...
Da igual, mamá.
Tampoco es que fuera a salir de fiesta
en un futuro cercano...

MAMÁ _ 18:13
¿Has podido descansar algo?
¿Te han dado de merendar?
¿Ha pasado el médico?

ELIA _ 18:13
Sí. No. Sí.

MAMÁ _ 18:14
No seas así, anda...
¿Qué te ha dicho?

ELIA _ 18:17
Que de momento está todo bien, no te preocupes.
Mañana empiezo con la rehabilitación.
Y me van a meter en un grupo de apoyo
para ver si acabo de recuperar la memoria...
¡Un planazo, vaya!
¿¿¿Por qué no me dejan tranquila???

MAMÁ _ 18:18
Es por tu bien, Elia.
¿Has conseguido recordar algo más?

ELIA _ 18:18
Pues no...

MAMÁ _ 18:19
No te preocupes, cielo. Es cuestión de tiempo.
Por ahora, vamos a hacer todo lo que digan los médicos
para que puedas volver pronto a casa, ¿sí?
¿Está papá contigo?

ELIA _ 18:20
Se acaba de ir a por un café.

MAMÁ _ 18:21
Vale. Yo salgo en un rato para el hospital.
A ver si no pillo caravana.

ELIA _ 18:22
A lo mejor, cuando llegues, ya no estoy.
Jajaja. Es broma...
¡Un beso!

SUE _ 20:02
Eli, ¿te parece bien que cree un grupo de bienvenida?
Hay mucha gente que quiere saludarte...

ELIA _ 20:03
¿Qué es un grupo de bienvenida?

[Sue ha añadido a Elia al grupo "Bienvenida"]

MÍA _ 20:07
Eeeeey, Elia XD

JONNY _ 20:08
Felicidades, campeona!!!!!

LORE _ 20:08
K lista, fijo k has despertado
solo xa disfrutar del verano, eh?
Enga, bs!

TAMARA _ 20:10
Me alegro de verte por aquí. ☺

KRMN _ 20:11
PöNte bUeNa!
Go, Elia, go!

FER _ 20:12
Mejórate prontooooooooooo.

ROMÁN _ 20:12
👍👍👍👍👍👍

ADRI _ 20:16
Muchos besos, guapetona.
¡Nos vemos en septiembre!

MIKI _ 20:17
¿Qué paxa, dormilona?
Al fin hs decidido despertar...
Juassssssssssss

BELÉN _ 20:20
¡Feliz verano, wapa!
Te echamos de menos...
¡Muak!

IONE _ 20:26
Vaya cogorza debías llevar...
Enhorabuena por no haberte matado.

ELIA _ 20:28
Gracias a todos, chicos.

[Elia ha abandonado el grupo]

BALANCE DEL DOMINGO
Pulsaciones: 1417
Amigos: 13
Tiempo de conexión: 52 minutos

Lunes, 4 de agosto

Buda dice...
*«Cuando el alumno está preparado,
aparece el maestro».*

MAMÁ _ 08:12
¡Buenos días, cielo!

ELIA _ 08:15
Hola, mamá...
¿Cómo sabes que estoy despierta?

MAMÁ _ 08:16
Este programita me chiva
cuándo estás conectada. ;-)

ELIA _ 08:17
Vaya, así que me regalasteis el smartphone
para espiarme...

MAMÁ _ 08:18
Ya sabes que no...
¿Cómo te has levantado?

ELIA _ 08:20
Bien.

MAMÁ _ 08:21
No seas rancia, anda...
Te acabo de enviar un archivo.
¿Te ha llegado?

ELIA _ 08:21
¿Por qué me mandas el cartel
del concierto de Regina?

MAMÁ _ 08:22
Porque es tu cantante favorita.
Recuerdo la ilusión que te hizo ir al concierto.

ELIA _ 08:22

Yo también.

Lo malo es que he olvidado lo que pasó después...

MAMÁ _ 08:23

No te agobies, cielo.

Tarde o temprano te acordarás de todo.

ELIA _ 08:23

¿Y si le pregunto al taxista?

Él tiene que saber adónde iba esa noche

antes del accidente...

MAMÁ _ 08:24

Elia, no es buena idea que te obsesiones ahora con eso.

A ese hombre ya le han dado el alta

y a ti te la darán pronto.

ELIA _ 08:24

¿Y si no lo hago, mamá?

¿Y si nunca recupero esos días antes del accidente?

¿Y si empiezo a perder otros recuerdos?

MAMÁ _ 08:25

¡Esa no es la actitud!

Ya oíste al médico: hay que ser positivos.

Todo saldrá bien, te lo prometo.

MAMÁ _ 08:26

Tu padre acaba de pasar el control de equipajes,

así que te veo ahora.

¡Lo que tarde en llegar desde el aeropuerto!

Te quiero, cielo.

SUE _ 14:02

¡Heeeeey!

¿Qué tal tu segundo día en el mundo de los despiertos?

¿Has recordado algo más

aparte de lo que me contaste ayer por teléfono?

SUE _ 14:04
No sabes el broncazo que le eché a Ione
por lo que te puso en el grupo.
Se pasó tres pueblos...
Ya le dije que el accidente fue por culpa del taxista.

SUE _ 14:05
Oye, ¿estás bien?
Te veo conectada...
¿Por qué no me contestas?

ELIA _ 14:05
Perdona, Sue, estaba pensando.

ELIA _ 14:06
Estoy bien, sí. Al menos en teoría.
Pero tengo miedo...

ELIA _ 14:07
En el fondo, el tiempo que estuve en coma me da igual.
Lo que peor llevo es no recordar
los tres días anteriores al accidente,
en los que SÍ estaba consciente.
Es como si me los hubieran arrancado de cuajo. ☹
¿Por qué no me acuerdo de nada?

SUE _ 14:07
Jo, Eli, siento no haber estado contigo.
Si al menos hubiéramos quedado esos días,
ahora podría decirte lo que hicimos...

ELIA _ 14:08
¡Venga ya, Sue!
Tú ya tenías bastante con lo de tu abuela.
Además, quién sabe.
Si hubieras estado conmigo,
igual podría haber pasado algo peor
que mi lapsus de memoria.

SUE _ 14:08
No lo sé...
Aun así, estoy deseando volver
para darte un abrazo como te mereces.

ELIA _ 14:09
Yo también. ☺
Por cierto, ¿qué tal está tu abu?

SUE _ 14:09
Mucho mejor. :D
Tanto que esta tarde nos volvemos,
así que mañana me tendrás ahí a primera hora.

SUE _ 14:10
Oye, ¿y los médicos?
¿Te han dicho algo más?

ELIA _ 14:10
Que es un milagro que haya logrado
despertar sin secuelas.
No paran de hacerme pruebas
y preguntas que no sirven de nada.

SUE _ 14:11
Seguro que sí, tía.
Te están estimulando la memoria, lo leí en una novela.
Obligarte a recordar lo que has olvidado
puede ser peligroso y, muchas veces, inútil.
Pero si te preguntan por otros temas,
a lo mejor dan con un detalle clave
que te ayude a recordar.

ELIA _ 14:11
Puuuf... Espero que tengas razón,
porque esta tarde empiezo la terapia.
Sesiones individuales y en grupo.
¡Yujuuu!

SUE _ 14:12
Tómatelo con calma, Eli.
Los recuerdos volverán cuando menos te lo esperes.
Y pronto estarás fuera y todo volverá a ser como antes.
¡Confía en Súper Sue!

ELIA _ 14:13
Gracias, nena.

ELIA _ 14:14
Tengo que dejarte, Sue.
Voy a comer.
¡Un besito!

MARION _ 18:02
¡Muy buenas otra vez!

ELIA _ 18:03
¡Hola, Marion!

MARION _ 18:03
Solo quería comprobar
que no me has dado un número falso, jiji...

MARION _ 18:04
No te molesta que te haya pedido el móvil, ¿no?
Prometo no ser muy pesada,
pero me has caído guay y a veces está bien
poder hablar con alguien nuevo.

ELIA _ 18:04
Pues sí. ☺
Por mí, encantada.

MARION _ 18:05
¿Qué te ha parecido?

ELIA _ 18:05
¿El qué?

MARION _ 18:05
El qué, no. ¡Quién!
Nuestro psicólogo, Xavier.

ELIA _ 18:05
Pues no sé... Supongo que bien.
Es el primero que conozco.
O al menos el primero
que me atiende como paciente.

MARION _ 18:06
Sí, bueno, es un poco chulillo
para ser solo unos cuantos años mayor que nosotras,
pero hay que reconocer que está bueno,
y eso ayuda. ;-D

ELIA _ 18:06
Jajaja.
Supongo que sí.

MARION _ 18:06
Tú supones mucho, ¿no?

MARION _ 18:07
Oye, como mañana tengo que ir al hospi
para hacerme unas pruebas,
si quieres me paso por tu habitación
y charlamos un rato antes de bajar a la terapia.
Sé que es un rollo estar ahí sola, día y noche...

ELIA _ 18:07
Claro, ¡genial!
Sí que se hace aburrido, sí...

MARION _ 18:08
Yo te he visto bien,
aunque sé que a veces los peores daños están por dentro...
Pero bueno, fijo que en nada te dejarán irte a casita.

ELIA _ 18:08
Ojalá...
¿A qué hora tenemos la sesión mañana?

MARION _ 18:08
¡A las 11:30!
Para digerir el desayuno en compañía.
;-D

ELIA _ 18:09
Pégame un tiro...

MARION _ 18:09
Jijijijiji... Ese es el espíritu, di que sí.
Pasaré a buscarte antes.
¡Chao, guapa!

ELIA _ 18:09
Ok. ¡Un beso!

SUE _ 19:20
¿Qué tal la terapia, Eli?
Te llamaría, pero estamos volviendo
y casi no tengo cobertura.

ELIA _ 19:21
¡Sue!
Dios, qué dolor de cabeza...

SUE _ 19:21
¿Sí? ¿Por el psicólogo?

ELIA _ 19:22
Ha sido bastante agotador, la verdad.
¡Y eso que no hemos hecho casi nada!

ELIA _ 19:23
El tío ha intentado que recordara algo, pero fue inútil.
Es como si hubiera una pared infranqueable
alrededor de esos tres días previos al accidente.
Me ha dicho que no me agobie,
¡pero no puedo evitarlo!
Tienes que sacarme de aquí...

SUE _ 19:24
Jejejeje, sabes que lo haría si pudiera,
pero todavía no sé nada de teleportación.
(¡Aunque estoy en ello, que conste!)

ELIA _ 19:24
Al menos la otra chica que va conmigo a terapia
parece muy maja. Se llama Marion.

SUE _ 19:24
¿Y a ella qué le pasó?

ELIA _ 19:25
Por lo que me ha contado,
provocó un incendio en su casa, sin querer.
Tiene la mitad de la cara quemada, la pobre...

Pero te juro que es increíble.
Ya te digo que solo la conozco de hoy,
pero se la ve tan compuesta, tan alegre,
siempre está sonriendo y haciendo bromas...

SUE _ 19:26
Espero conocerla prontito. :D

ELIA _ 19:27
Te va a encantar, ya lo verás.
Yo he perdido varios días de mi vida, pero ella...
Puuuf, no sé cómo puede mantenerse tan entera.
Tan... ¿feliz?

SUE _ 19:28
Hay gente que está hecha de otra pasta.

ELIA _ 19:28
No sé, Sue... Ella misma me ha dicho
que los mayores daños no están a la vista...
Supongo que por eso viene a terapia conmigo.

SUE _ 19:28
Es posible...

SUE _ 19:29
Eli, no he querido preguntarte esto hasta ahora,
pero ¿qué es exactamente lo que recuerdas
del concierto de Regina Spektor?

[Elia se ha desconectado]

Balance del lunes
Pulsaciones: 2578
Amigos: 3
Tiempo de conexión: 34 minutos

Martes, 5 de agosto

Buda dice...
*«El origen del sufrimiento
es el apego».*

ELIA _ 02:09
Sue, siento haberme ido de esa manera...
¿Puedes hablar un rato?

ELIA _ 02:12
Bueno, supongo que estarás dormida
(como cualquier persona normal).
Hablamos mañana...

SUE _ 02:13
¡Heeeeey!

ELIA _ 02:13
¡Hola! ¿Te he despertado?

SUE _ 02:14
Sí, pero da igual. ¿Te encuentras bien?
¿Necesitas algo? ¿Una historia que te distraiga?
¿Quieres que te eche las cartas?
He mejorado mucho desde la última vez, no te creas.

ELIA _ 02:15
Perdona por lo de antes, nena.
No debería haberme ido de esa manera.

SUE _ 02:16
No pasa nada, Eli.
Fue culpa mía.
Sé que todo el mundo te está presionando
para que recuerdes, y lo último que necesitas
es que también lo haga tu mejor amiga.

No es eso, Sue, es que...
no dejo de darle vueltas
al último recuerdo que tengo.
Me da miedo que se desvanezca
igual que los días que me faltan...

SUE _ 02:18
Si te quedas más tranquila,
puedes contármelo a mí.
Así, si algún día lo olvidas,
yo podría recordártelo.

SUE _ 02:19
Va, cuéntamelo. :D

ELIA _ 02:20
Ok... El concierto de Regina Spektor.
Al final todo el mundo me falló, pero yo fui de todas maneras.
Cuando llevaba casi una hora y media allí,
me sonó el móvil.
Era mi madre.

SUE _ 02:21
¿Y qué pasaba?

ELIA _ 02:21
Nada... Que se había olvidado las llaves dentro de casa
y me esperaba en la puerta del teatro.
Total, que tuve que salir a darle las mías
mientras el público pedía bises,
y cuando quise volver, el segurata no me dejó entrar.

ELIA _ 02:22
No me lo podía creer...
Regina había vuelto a subir al escenario
y estaba cantando mi canción favorita,
la que llevaba esperando todo el concierto.

SUE _ 02:22
¿«One More Time With Feeling»?

ELIA _ 02:22
Cómo me conoces, jajaja.

ELIA _ 02:23
El caso es que me quedé allí, frustrada,
intentando escuchar algo desde el vestíbulo.
Me sentía fataaaaal,
y entonces una voz a mi espalda dijo:
"No te puedo devolver la canción,
pero puedo mostrarte cómo danzan los peces".

SUE _ 02:23
Wow...
¿Qué te habías tomado, tía?
Jejejeje.
Venga, sigue.

ELIA _ 02:23
Ya está.
Eso es lo último que recuerdo.

SUE _ 02:24
No está nada mal como comienzo.
:D
La cosa se pone interesante...

ELIA _ 02:24
¿Por qué me da la sensación
de que estás disfrutando con todo esto?

SUE _ 02:24
Solo intento ser positiva.
Además, ya sabes lo mucho que me gustan
los puzles y los misterios.
No te preocupes, entre las dos
llegaremos al meollo del asunto.

ELIA _ 02:25
Ojalá, Sue...
Porque cada vez que pienso
en lo que puedo haber olvidado,
siento que me falta el aire...

SUE _ 02:25
No le des más vueltas y vete a la cama.
Mañana será otro día, Eli.

ELIA _ 02:25
Sí, voy a intentar dormir,
a ver si hay suerte.
¡Un beso, nena!
Y por enésima vez... gracias.

PAPÁ _ 9:20
Elia, ya estoy con mamá en el coche.
Pasamos por casa a dejar la maleta y vamos al hospital.

ELIA _ 9:20
Ok.
¿Qué tal el viaje?

PAPÁ _ 9:22
Bien, pero con mucho trabajo.
Solo pude desconectar de los papeles
el rato que estuve hablando contigo
y con mamá por teléfono.
¿Y tú qué tal te sientes, mi niña?

PAPÁ _ 9:25
Elia, ¿estás ahí?

ELIA _ 9:26
Sí, papá, perdona.
Para tener HeartBits desde hace poco,
escribes un montón, ¿eh?

PAPÁ _ 9:26
¿Has visto?
Soy un padre moderno.
Es que tu madre conduce como una tortuga.
A este paso, igual llegamos a la hora de cenar...

ELIA _ 9:27
Jajaja.

PAPÁ _ 9:30
¿Quieres que te llevemos algo?

ELIA _ 9:30
¿Podéis traerme algún DVD?
O mejor traedme varios.

PAPÁ _ 9:31
Eso está hecho.

PAPÁ _ 9:33
¿Te he dicho que tengo un compañero
al que le encanta el cine?
Y ya ves, estudió políticas.

ELIA _ 9:33
¿Es una indirecta?

PAPÁ _ 9:34
No, no.
Solo digo que puedes seguir viendo cine
y estudiar algo con más salidas.

ELIA _ 9:34
Parece que sí era una indirecta...

PAPÁ _ 9:35
No, cariño, de verdad que no hace falta
que estudies políticas.
Hay muchas más carreras.

ELIA _ 9:35
Papá, ¡apiádate de tu hija convaleciente!

PAPÁ _ 9:38
Bueno, ya lo hablamos en otro momento.

ELIA _ 9:38
Hoy no, porfa.
Ni mañana.
¡Y acuérdate de traerme las pelis!

PAPÁ _ 9:40
De acuerdo.
A las dos cosas.

ELIA _ 9:40
Graciaaaaaaas.

PAPÁ _ 9:46
Elia, sabes que te queremos muchísimo, ¿verdad?

ELIA _ 9:47
Claro, papá.
Y yo a vosotros. ☺

PAPÁ _ 9:47
Quería que quedase por escrito
en la inmensidad de Internet.

PAPÁ _ 9:57
Ya casi estamos en casa.
¡Nos vemos en nada!

ELIA _ 9:58
Ok, yo estaré aquí con Marion.
¡Hasta ahora!

MARION _ 18:50
¡Me ha encantado Sue!
Díselo de mi parte, please.

ELIA _ 18:51
Lo haré.
Ella también lo ha pasado genial contigo. ☺

MARION _ 18:51
Parecéis hermanas.
¡Si hasta os termináis las frases la una a la otra!

ELIA _ 18:51
Jajaja, nos conocemos desde enanas.
No sabes las ganas que tenía de verla...

MARION _ 18:52
¡No me extraña!
Cuando acabe con la recuperación,
espero poder salir con vosotras algún día, jiji.

ELIA _ 18:52
¡Claro! Estaría genial.

ELIA _ 18:53
Oye, ¿qué tal ha ido tu sesión individual con Xavier?

MARION _ 18:53
Un poco intensa, la verdad.
Sobre todo porque hoy estaba mi madre también
y no ha sido fácil.

ELIA _ 18:53
¿Y eso?
Si tienes ganas de hablar, claro...

MARION _ 18:54
Sí, vamos, que ya está todo bien.
Lo que pasa es que han salido varias cosas a la luz
que siempre he tenido guardadas en algún rincón oscuro
debajo de la alfombra.

MARION _ 18:55
Yo le he echado en cara historias del pasado
y mi madre ha hecho lo mismo conmigo.
Después Xavier ha sacado el tema del fuego
y ya nos hemos puesto a llorar como locas.
Reconciliación, abrazo y fin del primer acto.

ELIA _ 18:55
Bueno, me alegro de que haya acabado bien la cosa...
A veces es difícil entender a los padres.
Te lo digo por experiencia.
☺

MARION _ 18:56
¿Tú te llevas bien con los tuyos?

ELIA _ 18:56
Depende.
Parece que desde el accidente
nos entendemos mucho mejor,
pero mi madre sigue siendo ultraprotectora
y mi padre demasiado exigente.

ELIA _ 18:57
Está obsesionado con mi futuro.
Con que encuentre el trabajo perfecto
y gane el dinero suficiente para tener una casa,
una familia y un perro de catálogo.

MARION _ 18:57
¿Y acaso no es eso lo que buscamos todos?

ELIA _ 18:57
Yo, desde luego, no.
Quiero ser directora de cine
y viajar por el mundo entero grabando historias.

MARION _ 18:58
Vaya...
¡Estoy hablando con la futura Scorsese!

ELIA _ 18:58
Mejor la próxima Coppola, jajaja...
Pero mi padre no lo entiende
e insiste en que eso no tiene futuro.
Y yo creo que es cuestión de esforzarse
e intentar ser la mejor.

MARION _ 18:58
Una verdad como un puño.

ELIA _ 18:59
Ya he cedido haciendo el Bachillerato que él quería,
el de Ciencias Sociales.
En cuanto acabe el instituto el año que viene,
me marcho adonde sea a estudiar cine.

MARION _ 18:59
Di que sí, estoy segura de que lo conseguirás.
Y tu padre se sentirá orgulloso de ti y te apoyará.
Me juego lo que quieras.

ELIA _ 18:59
Yo también lo espero. ☺

MARION _ 19:00
Ains, me llama mi madre.
Hablamos mañana, Elia.
Dale recuerdos a Sue de mi parte, please.
Espero veros pronto en un sitio más divertido
y con mejor música, jiji.
¡Chao, guapa!

ELIA _ 19:00
Claro que sí.
¡Un beso, Marion!

PHOENIX _ 20:22
«Tanto si crees que puedes
como si crees que no puedes, tienes razón».

ELIA _ 20:24
¿¿¿???
¿Quién eres?

PHOENIX _ 20:24
Henry Ford fue quien lo dijo.

ELIA _ 20:24
No te he preguntado quién dijo eso,
sino quién eres tú.

PHOENIX _ 20:25
Soy quien soy, y no me parezco a nadie.

ELIA _ 20:25
En ese caso,
te voy a borrar.

PHOENIX _ 20:26
«A veces encontramos nuestro destino
en el camino que tomamos para evitarlo».

ELIA _ 20:27
Genial… Esa también me lo sabía.

ELIA _ 20:28
Venga, yo tengo esta para ti:
"El ayer es historia, el mañana es un misterio
y el hoy es un obsequio, por eso se llama presente".

PHOENIX _ 20:28
¿Proverbio indio?

ELIA _ 20:28
No, maestro Oogway.
Me gusta Kung Fu Panda.
Suerte con los aforismos.

PHOENIX _ 20:28
Suerte con la recuperación.

ELIA _ 20:29
Espera...
¿Me conoces?

[Phoenix se ha desconectado]

BALANCE DEL MARTES
Pulsaciones: 3375
Amigos: 4
Tiempo de conexión: 1 hora 8 minutos

Buda dice...
«*Ten compasión
por todos los seres humanos,
tanto los ricos como los pobres,
ya que cada cual
carga con su propio sufrimiento*».

ELIA _ 13:14
¡Te has dejado los auriculares aquí!

SUE _ 13:15
Ostraaaaas, ni me había dado cuenta.
Bueno, me los das mañana.
Ya estoy con mi madre en el coche.

ELIA _ 13:15
Sé que te dije que no hacía falta...
Pero gracias por venir hoy otra vez. ☺

SUE _ 13:15
Pienso visitarte TODOS los días.
Hazte a la idea.
Y me habría quedado más tiempo
si no tuviera que ir a buscar al guiri al aeropuerto.
¡Grrrrr!

ELIA _ 13:16
¡Jajaja!
¿Hasta cuándo se queda tu intercambio?

SUE _ 13:16
Lo tendré en casa hasta septiembre.
A ver qué tal es...

ELIA _ 13:16
Seguro que te cae genial.

SUE _ 13:17
"Nos" cae genial, no te confundas.
Que a partir del viernes pienso arrastrarte conmigo
para que lo aguantemos juntas.

ELIA _ 13:17
No me das ni un respiro, ¿eh?

SUE _ 13:18
Si te van a dar el alta es porque ya estás bien.
Por cierto, ¿te ha molado el libro de los sueños?
¿A que son una pasada las interpretaciones que sacan?

ELIA _ 13:18
Está bien, pero ya sabes
que me cuesta creer en esas cosas, Sue.
Además, lo mío no es cosa de sueños,
sino de recuerdos...

SUE _ 13:19
Ya, pero es importante no descartar nada
en esta etapa tan temprana de nuestra investigación.

ELIA _ 13:19
Me encanta cuando te pones profesional,
jajaja.

SUE _ 13:20
Oye, y volviendo al friki este que te escribe,
en serio, deberías llamarle para saber quién es.

ELIA _ 13:20
Ya lo he hecho.
Un par de veces.
Pero siempre me sale
que el teléfono está apagado.

SUE _ 13:21
Qué raro...
Avísame si te vuelve a molestar.
A veces, con esta clase de pervertidos,
lo mejor es avisar a la policía.

ELIA _ 13:21
No te pongas tan dramática, anda.

SUE _ 13:21
¡Más vale prevenir que curar!

SUE _ 13:33
Ya casi hemos llegado al aeropuerto.
¡Te escribo luego!

ELIA _ 13:33
Ok. ¡Ánimo con el guiri!
Y gracias por preocuparte tanto, Sue.

SUE _ 13:33
:D Para eso estamos.
¡Muaaak!

ELIA _ 13:33
¡Un beso!

MAMÁ _ 16:51
Cielo, llámame cuando acabes la sesión
y así me cuentas cómo ha ido.

ELIA _ 16:51
Ok, como quieras,
pero no creo que vaya a recordar nada nuevo...

MAMÁ _ 16:52
No importa.
¿Te apetece comer algo especial el viernes?
Tu padre y yo vamos a aprovechar para ir a hacer la compra
mientras estás en la terapia.

ELIA _ 16:53
¿Canelones?

MAMÁ _ 16:53
¡Perfecto!

ELIA _ 16:54
Ya ha llegado Xavier, mamá.
¡Un beso!

MAMÁ _ 16:54
Otro para ti, cielo.
¡No te olvides de llamarme después!

ELIA _ 16:55
Que sí, pesadaaaaa...

ELIA _ 21:33
Marion, ya es oficial:
¡el viernes me dan el alta!

MARION _ 21:33
¡Oeeeee!
En nada podremos tomarnos un café
de los de verdad fuera del hospi.

ELIA _ 21:33
¡Qué ganas!
Eso sí, tengo que continuar con la terapia.

MARION _ 21:34
Ya, como me pasó a mí.
Pero es mucho más llevadero. Ya lo verás.

ELIA _ 21:34
Si no es indiscreción, ¿cuánto tiempo llevas?

MARION _ 21:34
¿Con Xavier? Varias semanas.

MARION _ 21:35
Antes había otra psicóloga que se llamaba Olga,
pero ya te adelanto que este es muchísimo mejor y más simpático.
Con la otra siempre acababa a gritos y cabreada.
Creo que ir a verla me hacía más mal que bien.

ELIA _ 21:35
¿Cabreada? Vaya...

MARION _ 21:36
Sí, no sé, me has conocido en mi mejor momento.
Antes del incendio no era tan... accesible.
Me gustaba pasar el tiempo sola,
enfadada con el mundo y con los que me rodeaban.
Me encantaba regodearme en mi miseria, como solía decir mi madre.
Después ocurrió el accidente y supongo que, a marchas forzadas,
empecé a ver la vida de otra manera.

ELIA _ 21:36

Solo de imaginarme lo que has tenido que pasar...
¡Puuuf!
Me pareces muy valiente, Marion,
de verdad.

MARION _ 21:37

Qué va... ¡Más bien estúpida!
Tuve que estar a punto de morir
para darme cuenta de que la felicidad
estaba en lo que tenía y no en lo que me faltaba...
Y encima me llevé media casa
y media cara por delante...

MARION _ 21:38

Pero bueno, ya basta de hablar de mí,
que empiezo a parecer un yo-yo.
Tú has tenido terapia hoy, ¿no?

ELIA _ 21:38

Sí, pero ha sido bastante distendida.
Hemos estado hablando de música y películas
y de lo que quiero hacer con mi vida
de ahora en adelante.

MARION _ 21:38

Y además de ser directora,
¿qué es lo que quieres?

ELIA _ 21:39

¿Sinceramente?
Ser feliz, supongo.
No pido nada más.

MARION _ 21:39

Buena respuesta.
Es como cuando John Lennon tenía cinco años
y su madre le contó que la felicidad era la llave de la vida.
Después, cuando le preguntaron en el colegio
qué quería ser de mayor, él respondió que "feliz".
El profesor le dijo que no había entendido el ejercicio,
y John le contestó que no entendía la vida.

¡Jajaja!
Qué grande, Lennon...

MARION _ 21:40
Sí... Tu respuesta me ha recordado la suya.

MARION _ 21:41
Bueno, Miss Coppola, me voy,
que me llaman para cenar.
Espero que descanses.
El sueño ayuda a consolidar la memoria
y es el principal truco de belleza de las modelos. ;-D
¡Chao!

SUE _ 23:54
¡Grrrrr!
He visto tu perdida,
pero no he podido escribirte antes.
Entre el curso de Tarot y el guiri,
he perdido la noción del tiempo.
Losientolosientolosiento.

SUE _ 23:57
Imagino que estarás sopa total...
Era solo para decirte que el guiri ya está en casa,
que se llama Tommy y que es muy mono
(como tú habías vaticinado, bruja).
Esta noche nos pidió a mi madre y a mí
que fuéramos a nuestro restaurante favorito...
¡Y ha pagado él!

SUE _ 23:58
Mi madre está encantada, claro.
No deja de recordarme lo importantes que son los modales,
y lo pulidos que los tiene el chico.
Como si yo me hubiera criado en una selva, ¡no te digo!

SUE _ 23:59
En fin... Me voy a zzzzz,
que la luz del móvil me está dejando ciega.
Acuérdate de pasarme el teléfono de Marion...
¡Muaaak!

BALANCE DEL MIÉRCOLES
Pulsaciones: 1223
Amigos: 3
Tiempo de conexión: 31 minutos

Buda dice...
*«La mente tiembla como un pez
cuando lo sacas del agua
y lo dejas caer sobre la arena.
Por eso hay que tener cuidado
con las pasiones».*

ELIA _ 10:20
¡Buenos y soleados días!
Ayer me fui a dormir tempranito.
¿Qué tal el guiri?
Ya leo que empezó con buen pie, ¿no?

SUE _ 10:25
Ya te digo, jeje.
Creo que en breve mi madre me dará la noticia
de que le prefiere a él antes que a mí
y que será mejor que me marche lo antes posible.

ELIA _ 10:25
Qué exagerada eres...

SUE _ 10:26
De exagerada, nada.
Yo le preferiría, en serio.
Hoy se ha levantado el primero
y ha preparado el desayuno.
¡Sin que le dijéramos nada!
Tampoco ha hecho gran cosa
(unas tostadas y el café),
pero aun así ha sido todo un detallazo.

ELIA _ 10:26
Jajaja.
Pues sí. ☺

SUE _ 10:27
En cualquier caso, me resulta extraño
esto de volver a tener un hombre en casa...
Creo que nos vendrá bien.
Y mira, si le convenzo para que me ayude con el inglés,
a lo mejor el año que viene puedo irme unos meses a Londres
sin miedo a no entender ni la hora, jeje.
¡O a su casa, en EEUU! :D

SUE _ 10:28
En fin... ¿Y tú qué tal?
¿Ya has hecho la maleta para mañana?

ELIA _ 10:28
Aún no, pero tardaré poco.
Apenas tengo cosas mías por aquí...

SUE _ 10:29
Perdona, Eli, te tengo que dejar.
Mi madre quiere que Tommy y yo
la acompañemos a hacer la compra
para organizar un poco el menú de los próximos días.
Ya ves: ahora resulta que tengo voto en estos asuntos, jeje.
¡Muaaak!

ELIA _ 10:29
¡Pasadlo bien!
Y saluda a tu madre y al chico de mi parte,
aunque aún no me conozca.
¡Un besito!

PHOENIX _ 12:05
«No dejes que la vida te desaliente;
todos llegaron hasta donde están
comenzando desde donde estaban».

ELIA _ 12:09
Creí que te habías olvidado de mí.

PHOENIX _ 12:09
Creí que me ibas a bloquear.

ELIA _ 12:11
¿De verdad te funciona esta táctica para ligar?
Soltar frases ingeniosas
y esperar a que la chica se enamore de ti...

PHOENIX _ 12:11
Nadie ha dicho que esté intentando ligar.
Y dudo que alguien se enamore de mí
por conocer proverbios y aforismos.
Si fuera tan sencillo, las webs de frases célebres
estarían más concurridas que las de encuentros.
Y créeme, no es el caso.

PHOENIX _ 12:12
Dime si al menos he logrado hacerte sonreír.

ELIA _ 12:13
Lo siento, tendrás que esforzarte un poco más.

PHOENIX _ 12:14
¿Significa eso que no me vas a bloquear
en un futuro cercano?

ELIA _ 12:14
Significa que últimamente
no resulta tan sencillo hacerme sonreír.

PHOENIX _ 12:14
Siento leer eso.
¿Necesitas hablar?

ELIA _ 12:18
¿Con un desconocido? ¿Para qué?
¿De qué me sirve alguien que sigue sin decirme
quién es o de qué me conoce?
Un tío que... ¡ni siquiera sé si eres un tío!

PHOENIX _ 12:18
Lo soy, lo soy.

ELIA _ 12:19
¿Y qué pasa con lo demás?
¿Cómo te llamas?

PHOENIX _ 12:19
Phoenix.

ELIA _ 12:19
Ese no es tu nombre de verdad.
Es un alias. Una mentira.

PHOENIX _ 12:19
Elia también podría serlo...

ELIA _ 12:20
¿No te parece un poco injusto
que sepas cosas sobre mí
y que yo no sepa nada sobre ti?

PHOENIX _ 12:20
En realidad no sé tanto sobre ti, Elia.
De hecho, me gustaría saber mucho más.

ELIA _ 12:21
¿Y si eres un viejo verde pervertido
que acaba de descubrir Internet
y va por ahí seduciendo a jovencitas?

PHOENIX _ 12:21
No lo soy.
Tendrás que confiar en mí.

ELIA _ 12:22
¿Por qué?

PHOENIX _ 12:22
Porque ambos nos necesitamos.

ELIA _ 12:23
Yo ya tengo amigos con los que hablar, gracias.
Además, quiero estar sola.

PHOENIX _ 12:23
A veces confundimos querer estar solos
con la necesidad de estar con la persona adecuada.

ELIA _ 12:25
¿Y tú crees que eres la persona adecuada para mí?
Mira, no sé quién te ha dado mi móvil y te ha hablado de mí,
pero no estoy para charlar con desconocidos.
Lo siento.

PHOENIX _ 12:25
Nadie me ha hablado de ti.

ELIA _ 12:27
Entonces, ¿cómo sabes mi nombre
o que me estoy recuperando?

PHOENIX _ 12:27
Simplemente lo sé.

ELIA _ 12:27
Las cosas no se saben así como así.

PHOENIX _ 12:27
Entonces será que tengo poderes.

ELIA _ 12:28
Vaya... Ahora resulta que eres adivino...
Pues yo tengo el poder de desaparecer.
Fíjate qué fácil es:
¡Abracadabra!

[Elia se ha desconectado]

ELIA _ 21:40
¿Has terminado de cenar?
¿Puedo llamarte a casa?
Es importante...

SUE _ 21:44
¡Eli! Espera un segundo, que miro...
SUE _ 21:45
Mi madre está hablando por el fijo
y me da que va para largo...
¿Qué pasa? ¿Te encuentras bien?

ELIA _ 21:46
Sí, sí, estoy bien. Tranquila.
Es solo que de repente he recordado un detalle
y creo que es de los días que había olvidado.

SUE _ 21:46
¡¿Un detalle?!
¡Eso es genial!
¿Qué es? ¿Una cara?
¿Una voz? ¿Un mensaje?

ELIA _ 21:47
Un gato...
Un gato saliendo de una manzana, en concreto.

SUE _ 21:47
¿¿¿Eimmm???

ELIA _ 21:48
Ya, lo sé...
A lo mejor ni siquiera pertenece a esos días
y no fue más que un sueño o algo así.
Solo de leerme me siento ridícula.
Está claro que es una tontería...

SUE _ 21:48
¡No, no, tía! No te rindas tan pronto.
Vale que no es algo muy... normal,
pero al menos tenemos algo por donde empezar.

ELIA _ 21:49
¿Algo por donde empezar?
¡Pero si no tiene ningún sentido!

SUE _ 21:49
Pues se lo encontraremos entre las dos.
Empieza por describirme la imagen
con todo lujo de detalles.

ELIA _ 21:49
¿Estás segura?

SUE _ 21:49
100 %.

ELIA _ 21:50
Pues es una manzana roja, gigante,
con un agujero en el medio.
Y en lugar de un gusano,
sale un gato negro asomando la cabeza.

SUE _ 21:50
Sí que es extraño, sí...

ELIA _ 21:50
Lo sé... pero es que no se me va de la cabeza.

SUE _ 21:51
Está claro que tiene que significar algo.
Si recuerdas cualquier cosa más, avísame.
Mientras tanto, voy a echar un ojo
a mis libros de interpretación de sueños.

ELIA _ 21:51
¿En serio?

SUE _ 21:51
Oye, ¡quién sabe!
Mañana me paso por la biblio para investigar.
Aparte, creo que mi madre tiene algún libro sobre psicoanálisis.
Quizá encontremos algo por ahí...

SUE _ 21:52
Tú déjalo en mis manos.
Aunque ahora te parezca un galimatías imposible,
estoy segura de que todas las piezas están en tu cabeza.
Solo tenemos que encontrarlas.

ELIA _ 21:52
Eso espero, Sue.
Gracias por estar ahí...
¡Un besito!

BALANCE DEL JUEVES
Pulsaciones: 2181
Amigos: 2
Tiempo de conexión: 40 minutos

Buda dice...
«*Tu tarea es descubrir
cuál es tu tarea
y entonces entregarte a ella
con todo tu corazón*».

MARION _ 08:50
¡Última terapia antes de que te dejen escapar!

ELIA _ 08:51
Sí. Y menos mal que es contigo,
porque no sabes lo que me aburren las individuales.

MARION _ 08:51
Te paso a recoger en un rato, compi.
Voy a pillar el metro.

ELIA _ 08:51
Ok. ¡Hasta ahora, Marion!

PHOENIX _ 12:20
¿Ya puedo dejar de fingir
que no te veo conectada? :)

ELIA _ 12:22
Sí, pero tampoco te acostumbres,
porque es algo temporal...

PHOENIX _ 12:22
Hola de nuevo, Elia.
¿Qué estás tramando?

ELIA _ 12:22
Me he propuesto descubrir quién eres.

PHOENIX _ 12:22
¿De ilusionista a detective?
No sé si me gusta el cambio...

PHOENIX _ 12:23
¿Y cómo van tus pesquisas sobre mí?

ELIA _ 12:24
Todavía es pronto para sacar conclusiones.
Pero no creo en los adivinos, que lo sepas.
Todos tienen truco.

PHOENIX _ 12:24
¿Y si te dijera que puedo verte si cierro los ojos?

PHOENIX _ 12:25
Cabello castaño, ligeramente ondulado.
Rostro ovalado con una nariz italiana
que te da personalidad.

ELIA _ 12:25
Muy sutil tu manera de llamarme napias...

PHOENIX _ 12:25
Labios bien dibujados, acostumbrados a sonreír.
Ojos grandes y oscuros,
capaces de ver lo que casi nadie ve.

ELIA _ 12:26
Esa descripción encaja con millones de chicas.

PHOENIX _ 12:26
Sí, pero no todas tienen un lunar
en forma de lágrima en la mejilla izquierda.

ELIA _ 12:27
Estoy empezando a plantearme
llamar a la policía...

PHOENIX _ 12:27
Sé que no lo harás.
Sientes demasiada curiosidad... :)

ELIA _ 12:27
Dime quién eres y de qué me conoces.

PHOENIX _ 12:28
No soy nadie. Solo un espíritu amigo.

ELIA _ 12:28
Si no me dices quién eres,
al menos dime qué es lo que buscas.

PHOENIX _ 12:28
Supongo que lo mismo que todos en la vida:
la felicidad, dar sentido a esta locura, el amor...
Pero no me malinterpretes.
Por el momento, lo único que quiero
es escribirme contigo.
Si me lo permites...

ELIA _ 12:35
Con una condición.
Que me respondas a tres preguntas.

PHOENIX _ 12:35
¿Y cómo sabrás que no te miento?

ELIA _ 12:35
No lo sabré, pero tienes que ser sincero.

PHOENIX _ 12:36
De acuerdo, tres preguntas. De sí o no.
Prometo decir la verdad,
pero con una condición más:
que no volvamos a jugar a este juego.
¿De acuerdo?

ELIA _ 12:39
Muy bien, primera pregunta:
¿eres de mi instituto?

PHOENIX _ 12:39
No.

ELIA _ 12:41
Eres del hospital.

PHOENIX _ 12:41
Tampoco.
Solo te queda una más.

ELIA _ 12:41
Eso no era una pregunta.
Has contestado porque has querido.

PHOENIX _ 12:41
Touché.
Te quedan dos, entonces...

ELIA _ 12:44
¿Me conoces?

PHOENIX _ 12:44
Sí.

ELIA _ 12:44
Entonces yo a ti también.

PHOENIX _ 12:44
¿Eso es una pregunta?

ELIA _ 12:45
¿Debería serlo?

ELIA _ 12:46
¿Te conozco?

PHOENIX _ 12:48
No exactamente...

ELIA _ 12:48
Eso es trampa.
¿Qué significa "no exactamente"?

PHOENIX _ 12:49
«El cambio es inevitable,
excepto cuando pones un billete de cinco
en una máquina de refrescos».

ELIA _ 12:49
¿Y eso a qué viene ahora?
¿Te conocí en algún momento?

PHOENIX _ 12:49
Eso quiero pensar...

ELIA _ 12:50
¿Sí o no?
Déjate de medias tintas, anda...
¿En el colegio, puede ser?

PHOENIX _ 12:50
No, en el colegio no.
En el fondo, tampoco importa,
porque ya no soy quien era.

ELIA _ 12:50
¿Ya no eres quien eras?
¿¿¿Y eso qué significa???

ELIA _ 12:52
Mira, da igual.
Tengo que dejarte.

PHOENIX _ 12:52
¡Espera!
¿Me vas a bloquear?

ELIA _ 12:53
¿Me vas a decir la verdad?

PHOENIX _ 12:53
Yo nunca te mentiría, Elia.

ELIA _ 12:55
De momento no te voy a bloquear.
He debido de volverme loca de remate...

PHOENIX _ 12:55
Todas las almas sublimes tienen parte de locura.
Y la tuya lo es.

ELIA _ 12:56
Eres todo un poeta, Phoenix.
Al menos me has distraído
para no pensar en otras cosas.

PHOENIX _ 12:56
Ya sabes que siempre que te aburras,
puedes escribirme.

ELIA _ 12:57
Gracias, pero espero no tener que hacerlo muy a menudo
ahora que vuelvo a casa.
Aunque seguramente eso ya lo supieras.

PHOENIX _ 12:57

No, no lo sabía, pero me alegra leerlo.
Ánimo con la vuelta.

ELIA _ 12:57

☺

BALANCE DEL VIERNES
Pulsaciones: 1387
Amigos: 2
Tiempo de conexión: 38 min

Buda dice...
«La desgracia
pone a prueba a los amigos
y desenmascara a los enemigos».

MARION _ 10:21
¡Muy buenas!
¿Qué tal tu primera noche en casita?

ELIA _ 10:21
Bastante bien, jajaja.
Aunque me acosté un pelín tarde...

MARION _ 10:21
Ya me ha contado Sue que estuvisteis
hablando por teléfono hasta las tantas...

ELIA _ 10:22
Como un día hagamos llamada a tres,
nos pasaremos la noche en vela.

MARION _ 10:22
No sé si te vas a atrever a hacerlo
después de la chapa de ayer.
Yo creo que hasta Xavier
se estaba quedando dormido, jijiji.
Menos mal que ya empiezan a tomarme en serio
cuando les digo que no necesito más terapia
y que quiero seguir con mi vida.
Si me hubieras conocido cuando empecé...

ELIA _ 10:23
¡¿Pero qué dices?!
Pues yo no me cansaba de escucharte.
Te admiro un montón, ¿lo sabías?

MARION _ 10:23
No, me tienes compasión, que es distinto.

ELIA _ 10:23
Sé cuál es la diferencia,
y he decidido que soy tu fan.

MARION _ 10:24
¿Por qué?
¿Por pensar que aún puedo ligar
a pesar de tener media cara quemada? Jijiji.

ELIA _ 10:24
No me refería a eso...

MARION _ 10:25
Ya lo sé, era broma.
Pero te contaré la conclusión a la que he llegado:
creo que lo de mi accidente
al final va a ayudarme a encontrar el amor.
No respondas nada, solo lee.
Siempre nos interesamos por la novedad, ¿no?
Nos enamoramos tontamente del primer bombón que pasa
y luego, cuando nos cansamos, vamos a por otro.
Pues mira, sé que conmigo no será así.

MARION _ 10:26
Doy un poco de miedo (al principio),
así que sé que el chico que quiera estar conmigo
se habrá enamorado de mi belleza interior, ¿no?
Suena a topicazo, pero es la verdad.
Si acabo con alguien,
será porque le gusto
más allá de mi aspecto.
¿Me estoy flipando?

ELIA _ 10:26
No, no te estás flipando.
Me has puesto la piel de gallina, Marion.

MARION _ 10:26
No seas pelota... ;-D
¿Sabes lo que más rabia me da de todo esto?
Que podría haberlo evitado.

MARION _ 10:27

Si me hubiera acordado de apagar
las velas aromáticas antes de dormirme,
como me advertía mi madre cada noche,
hoy llevaría una vida normal.
Un despiste.
Un pequeño error, y tu vida, a la mierda.

ELIA _ 10:28

No pienses más en ello, Marion.
A mí me gusta cómo eres.
Y ningún incendio puede hacer arder
esa fuerza y bondad que demuestras a diario,
en serio.

MARION _ 10:28

Ayyy... Me vas a hacer llorar, Elia.
Tú sí que eres un solete.

ELIA _ 10:29

Gracias por confiar tanto en mí. ☺

MARION _ 10:30

Para eso están las amigas, ¿no?
Tengo que recoger mi habitación,
pero escríbeme o llama si necesitas algo.
;-D

ELIA _ 10:30

Ok. ¡Un beso!

SUE _ 15:59

¡Te veo en unas horillas!

ELIA _ 16:00

¡Síiiii!
Empiezo a cansarme de que mis padres
no se separen de mí ni un segundo...
¿Para esto me han dado el alta en el hospital?

SUE _ 16:00
Pues ya va Súper Sue al rescate.
¿Estás más animada?
Ayer te noté un poco tristona por teléfono.

ELIA _ 16:00
Estoy bien, solo que te echo de menos... ☺

SUE _ 16:01
Yo también a ti.
Pero no te preocupes, hoy toca...
¡Sesión de Palomovies!
Por cierto, será peli de terror, te aviso.

ELIA _ 16:01
Ains...

SUE _ 16:02
¿Qué pasa?
Una futura directora de cine
tiene que ver pelis de todos los géneros.
Ah, una cosa más: ¿te importa que venga el guiri?
Mi madre me ha dicho
que no puedo salir a ninguna parte sin él...
Y así lo aguantamos entre las dos, jeje.

ELIA _ 16:02
Puuuf...
¿Tendremos que ponerla en V.O.?

SUE _ 16:03
Nah, el chaval habla un español casi perfecto.
Además, ha venido a aprender, ¿no?

ELIA _ 16:03
Jajaja, qué mala eres.
Lo que él prefiera.
A mí no me importa.

SUE _ 16:04
Ya, bueno... Luego decidimos.
Llevo ganchitos, cortezas,
palomitas para el micro y piponazos.
¡Vivan los snacks saludables!

ELIA _ 16:04
Ok, yo pongo los refrescos.
No lleguéis muy tarde. ☺

PHOENIX _ 20:41
«Buenas noches y buena suerte».

ELIA _ 20:42
No entiendo...

PHOENIX _ 20:42
Estoy viendo esa película ahora mismo.
George Clooney acaba de soltar una gran frase:
«El miedo se ha instalado en esta habitación».

ELIA _ 20:43
Qué curioso,
yo también tengo sesión de cine.
¿Coincidencia?
Ah, claro, se me olvidaba
que puedes leerme la mente...

PHOENIX _ 20:44
Sería coincidencia si no fuera porque hago lo mismo
casi todas las noches.

ELIA _ 20:49
¿Y no sales nunca?

ELIA _ 20:50
Vaya, tengo que dejarte,
llaman a la puerta.
¡Que disfrutes de la peli!

PHOENIX _ 20:51
Elia, espera... Solo una cosa.
Te agradezco que no me hayas bloqueado.
Si existo de algún modo es gracias a ti,
pero no quiero que te sientas obligada
a responder a mis mensajes.

PHOENIX _ 20:52
Por eso, nuestra siguiente conversación (si la hay)
no la voy a empezar yo.
Si quieres volver a hablar conmigo,
tendrás que tomar tú la iniciativa...

ELIA _ 20:52
Ok, entendido.
Buenas noches y buena suerte.
☺

BALANCE DEL SÁBADO
Pulsaciones: 1139
Amigos: 3
Tiempo de conexión: 24 minutos

Buda dice...
«*Las cosas no son lo que parecen ser,
pero tampoco son lo contrario*».

TOMMY _ 11:25
Good morning, señorita!

ELIA _ 11:29
¡Hola, Tommy!

TOMMY _ 11:29
Dormiste bien?
O tuviste pesadillas?
LOL!

ELIA _ 11:30
Ja-Ja.
Esta ha sido la primera y última vez
que eliges la película.
Lo de ayer fue demasiado, incluso para mí.

TOMMY _ 11:30
Pero queríais terror, right?
"Hostel" es la película de más terror que conozco.
Suerte que pasa aquí en Europa.
:p

ELIA _ 11:31
Hablas como si en EE UU
estuvierais mucho más seguros
con tanto asesino en serie suelto...
Ni muerta pisaría yo la Ruta 66 esa
después de alguna peli que he visto...

TOMMY _ 11:31
Bueno, si cambias de idea,
yo te acompañaré.

TOMMY _ 11:32
BTW, tampoco daba tan miedo la peli!
Me dejaste perdido de Coca-Cola.

ELIA _ 11:32
¡Fue culpa de Sue!
¿Has podido quitar la mancha?

TOMMY _ 11:32
Mi ropa está en la lavadora. No problem!
Al menos lo pasamos bien, LOL.

ELIA _ 11:36
Sí, no sabes cuánto necesitaba divertirme...

TOMMY _ 11:37
Y qué plan tienes hoy?

ELIA _ 11:37
Estar en casa y leer.

TOMMY _ 11:37
Qué emocionante!
Pareces mi abuela.
Joking! :p

ELIA _ 11:38
¡Muy gracioso, Mr. Guiri!
Tú eres nuevo en este país.
Deberías visitar algún monumento,
o ver algún tablao flamenco.
Ya sabes, lo típico...

TOMMY _ 11:39
Okey, pero solo si me acompañáis!
Además, aunque The Beatles
decían que "Nothing is real",
yo quiero vivir experiencias reales
con personas reales.

ELIA _ 11:39
A veces la realidad se nos escapa
de las manos.

TOMMY _ 11:39
What do you mean, señorita?

ELIA _ 11:40
La verdad es que no lo sé...

TOMMY _ 11:41
Tendrás que descubrirlo.

TOMMY _ 11:42
Voy a preguntar una cosa a Sue sobre la tele.
See you soon, Elia!

ELIA _ 11:43
¡Ok! ☺
Que pases una buena tarde, Tommy.

SUE _ 17:00
No te vas a creer lo que acabo de averiguar.
Voy a tener que replantearme mi discurso
sobre que la televisión no enseña nada.

ELIA _ 17:01
¿Tú? ¿Viendo la tele?
Mira, no sé quién eres,
pero deja el móvil de mi amiga
y aléjate lentamente si no quieres problemas.

SUE _ 17:02
Jejeje...
Soy yo, lo juro por la montaña de revistas de cine
que guardas debajo de la cama.

ELIA _ 17:02
Ok, no hay duda.
Eres Sue. ☺

SUE _ 17:02
Estuve viendo un programa sobre Newton
en el canal de ciencia.

ELIA _ 17:03
¿Y desde cuándo te interesa a ti
el canal de ciencia?

SUE _ 17:03
Desde que Tommy ha desconfigurado el menú
y he descubierto programas nuevos.

ELIA _ 17:03
¡Jajajaja!
Pobre...

SUE _ 17:03
Sí... No lleva ni una semana
y ya la ha liado con la tele del salón.

ELIA _ 17:04
No seas muy dura con él.
¡Me cayó genial!
Y puedes decir lo que quieras,
pero no dejaba de tontear contigo
entre broma y broma... ☺

SUE _ 17:04
¡No digas chorradas!
Bueno, ¿quieres que sigamos hablando de él,
o te cuento lo que he averiguado?

ELIA _ 17:04
¿Algo sobre la ley de la gravedad?

SUE _ 17:05
Templado.
Parece ser que Newton ideó esa teoría
al ver caer una manzana.
¿Te suena de algo?

ELIA _ 17:05
No te pillo.

SUE _ 17:05
¡Tu recuerdo, Eli!
¿No me hablaste de un gato
saliendo de una manzana?

ELIA _ 17:05
¿Y qué tiene que ver el gato
con la manzana de Newton?

SUE _ 17:06

He ahí el quid de la cuestión.
Acabo de descubrir
que Newton era un loco de los felinos
Por lo visto, tenía una gata
que se pasaba el día maullando
y no le dejaba trabajar.
Cuando estaba fuera, quería entrar,
y cuando estaba dentro, quería salir.

ELIA _ 17:06
¿Quieres ir al grano?

SUE _ 17:06

¡¡¡Estoy en el grano!!!
Para evitar que su gata estuviera
abriendo y cerrando la puerta cada dos por tres,
Newton inventó la gatera.

ELIA _ 17:07
¿Y eso te ha hecho pensar
que mi recuerdo del gato y la manzana
hace referencia a Newton?

SUE _ 17:07

Elemental, mi querida Elia.
Los sueños no son más que sombras de la realidad.
Ya te conté lo que decía Freud
sobre los símbolos que aparecen en los sueños.
Hay que interpretarlos para descubrir
lo que nos quieren decir.
¡Y tú que no creías en estas cosas!

ELIA _ 17:07
Y sigo sin creer en ellas, Sue.

SUE _ 17:08

A lo que iba: ese gato asomando por la manzana
está relacionado con Newton.

ELIA _ 17:08
Si tú lo dices...

SUE _ 17:08
Mira, no sé, a lo mejor no tiene nada que ver,
pero de momento es lo único que se me ocurre.
Ahora solo tenemos que averiguar qué leches
pinta Newton en toda esta historia.

ELIA _ 17:09
¿¿¿Solo??? ☹

BALANCE DEL DOMINGO
Pulsaciones: 1275
Amigos: 2
Tiempo de conexión: 22 minutos

Buda dice...
«No te ancles al pasado,
no sueñes con el futuro,
concentra la mente
en el momento presente».

ELIA _ 10:40
Hola, Phoenix.
¿Tienes algún aforismo para mí
esta mañana?

PHOENIX _ 10:44
¡Qué sorpresa! :)
¿Cómo es que has decidido escribirme?

ELIA _ 10:44
Pensaba que te gustaba hablar conmigo...
¿No me dijiste que tomara la iniciativa?

PHOENIX _ 10:45
Si, tienes razón. Perdona.
¿Qué tal estás?

ELIA _ 10:47
Ando un poco perdida, la verdad.
Ahora que por fin he vuelto a casa, no sé...
Imaginaba muchísimos planes y posibilidades,
pero siento que solo tengo ganas de llorar.

PHOENIX _ 10:48
«La tristeza es un muro entre dos jardines».
Es de Kahlil Gibran, un famoso artista libanés.

ELIA _ 10:48
Una frase preciosa.
¿Somos nosotros esos jardines?

PHOENIX _ 10:49
Puede que sí...

ELIA _ 10:49
¿Y dónde está el muro?

PHOENIX _ 10:50
Si quieres que conteste a eso,
responde primero a mi pregunta:
¿por qué has decidido escribirme?

PHOENIX _ 10:53
¿Sigues ahí, Elia?

ELIA _ 10:53
Sí, estaba pensando...
Supongo que, absurdamente, te echaba de menos.

PHOENIX _ 10:54
¿Por qué dices «absurdamente»?

ELIA _ 10:57
Porque no te conozco.
Ni siquiera sé cómo suena tu voz.
¿Por qué no me coges nunca el teléfono?

ELIA _ 10:58
Bueno, da igual.
Me siento bien charlando contigo.
Creo que me comprendes,
o al menos tengo esa ilusión.
Quién sabe, igual nuestras almas
se conocieron en otra vida, o algo así.
¿Tienes algún aforismo sobre eso?

PHOENIX _ 10:58
Ninguno que esté a la altura.

ELIA _ 11:00
☺ Creo que eres tú el que despierta
esa parte tan trascendente en mí, jaja.
Ahora que he salido del hospital por mi propio pie,
¿por qué no quedamos un día?
Tengo ganas de ponerte cara...

[Phoenix se ha desconectado]

ELIA _ 17:12
¡Hola, Marion!
Acabo de hablar con Sue
y hemos quedado mañana
para ir a la inauguración de un karaoke
que han abierto en mi barrio.
¿Te quieres venir?

MARION _ 17:13
¿Un martes?
¿Esa gente no tiene idea de marketing o qué?

ELIA _ 17:13
¡Jajaja!
Parece que quieren promocionar
que están abiertos todos los días.
Su eslogan es:
"Cualquier momento es perfecto
para cantar y ser feliz".

MARION _ 17:13
Me sigue pareciendo un error
inaugurar un bar un MARTES,
pero seguro que lo pasáis genial.

ELIA _ 17:13
¿No te vienes, entonces?

MARION _ 17:14
Imposible.
Aún estoy "bajo custodia"
y no me dejan salir por las noches.
Tampoco estoy con muchos ánimos...

ELIA _ 17:14
¿Y eso?
Jo, qué pena...

MARION _ 17:14
Ya... pero intento pensar que me viene bien
esto de pasar una temporada en casa,
aunque sea de manera forzada.

ELIA _ 17:14
¿Salías mucho antes?

MARION _ 17:15
Sí. De hecho, lo raro era que parase por aquí.
Siempre encontraba alguna excusa para desaparecer.
Llegó un punto en el que me ahogaba hasta en mi cuarto,
que era el único lugar que realmente consideraba MÍO.
En fin... No era una chica fácil.

MARION _ 17:16
No sé, ahora estoy bien,
pero a veces me pongo a pensar
y me doy cuenta de lo mucho que echo de menos esa vida...

ELIA _ 17:16
¿Qué cosas echas de menos?

MARION _ 17:17
Pues... la rutina del instituto, por ejemplo.
Ya ves, cuando estaba allí lo único que quería
era acabar de una vez con ese infierno.
Y ahora que de verdad sé lo que es el infierno,
no veo el momento de volver al instituto.
Ya te digo que estoy como una cabra, jijiji...

ELIA _ 17:17
Por ahora, todo lo que dices
me parece que tiene mucho sentido.

MARION _ 17:18
Ya, bueno...
También echo de menos a mis compañeros.

ELIA _ 17:18
¿A alguien en particular?

MARION _ 17:18
Pueeeede...

ELIA _ 17:19
¿Pueeeede?
¿Con cuatro "es"?
Eso son muchas "es".
¿Cómo se llama?

72

MARION _ 17:19
Álex.

MARION _ 17:20
Un chico de mi año al que sé que le molo
(o, mejor dicho, le molaba)
desde hace un par de años.
Siempre se entretenía recogiendo sus cosas
hasta que todo el mundo, menos yo,
se había ido de clase.
Y así podía charlar conmigo
mientras me acompañaba a casa.

ELIA _ 17:20
Ohhh... ¿Y qué pasó?

MARION _ 17:21
Pasó que yo estaba demasiado preocupada
por odiar a todo y a todos
como para ver lo que tenía delante.
Y después ocurrió lo del incendio
y se acabaron las oportunidades.

ELIA _ 17:21
No digas eso, Marion.
Las oportunidades quizá hayan cambiado,
pero no se han terminado.

MARION _ 17:22
No sé, a veces me entran tantas dudas...
Hasta me planteo si tiene algún sentido
que no acabara todo aquella tarde.

ELIA _ 17:22
MARION, PARA.
TÚ NO PIENSAS ASÍ.
ESA NO ERES TÚ.

MARION _ 17:22
¿Cómo puedes estar tan segura?
¿Cómo puedo saber que la de ahora sí soy yo
y que antes solo fingía?

Escucha, Marion. O lee, mejor dicho:
tú eres muchísimo más fuerte que esas dudas.
Estás agobiada y tienes miedo.
¡Pero eso es normaaaaa!
Nadie espera que de pronto te hayas vuelto de hierro.

ELIA _ 17:24
¿Crees que nuestra vida solo da un giro
cuando nos pasa algo muy bueno o algo muy malo?
No, ¡para nada!
Nuestra vida cambia a cada segundo que pasa,
incluso cuando no miramos y estamos despistados.
Unas palabras duras o amables,
una sonrisa inesperada, una elección
que aparentemente no tiene repercusiones...

ELIA _ 17:25
Son esas decisiones, esos detalles del día a día,
los que nos transforman a nosotros y a los que nos rodean.
Y de ellos debemos sacar las fuerzas
para no dejar de luchar
y seguir siendo un poquito mejores.
No te vengas abajo ahora.
¡Te lo prohíbo!

MARION _ 17:25
¿Me lo prohíbes?
;-D

ELIA _ 17:25
Sí, te lo prohíbo.
El mundo necesita personas como tú, Marion.
Almas que saben encontrar la luz
cuando solo parece haber oscuridad.

ELIA _ 17:26
Prométeme que vas a seguir siendo
esa chica alegre y llena de vida que conocí en la terapia...
Y que vas a intentar hablar con Álex de nuevo.

ELIA _ 17:27

Marion...
Prométemelooooo.

MARION _ 17:27

Ok, ok, plasta.
Te lo prometo...

ELIA _ 17:27

¡Así me gusta!

MARION _ 17:28

Ains...Gracias, Elia.
Hay pocas, muy pocas, poquísimas cosas buenas
que me haya traído el accidente.
Pero tú, sin duda, eres una de ellas.

ELIA _ 17:28

Yo siento lo mismo. ☺

BALANCE DEL LUNES
Pulsaciones: 2215
Amigos: 2
Tiempo de conexión: 36 minutos

Martes, 12 de agosto

Buda dice...
«*No hay incendio
como la pasión*».

ELIA _ 13:20
Buenos días, Phoenix. ☺

PHOENIX _ 13:20
¡Buenos días, más bien tardes!
¿Cómo estás?

ELIA _ 13:20
Bien... Ordenando un poco mi cuarto.
A mi madre le ha dado por hacer limpieza general,
así que tengo la habitación patas arriba.

PHOENIX _ 13:21
Y te has tomado un descanso, ¿no?

ELIA _ 13:21
Exacto.
Tengo torres de películas,
libros y revistas por el suelo,
y varias bolsas de basura a medio llenar...
Me siento como en una trinchera.

PHOENIX _ 13:21
Jajaja. Si tanto te cansa,
¿por qué no le pides a alguien que te eche una mano?

ELIA _ 13:22
Pues porque soy un poco... celosa de mis cosas.
Y me cuesta mucho decidir qué tiro y qué no,
o qué guardo en el trastero
y qué se queda conmigo otro año más.
Ahora más que nunca,
me da miedo olvidar lo que descarte...

PHOENIX _ 13:22
Ya veo...
Pero no creo que por deshacerte de una postal o de unas fotos,
llegues a olvidar unas vacaciones de hace años, ¿no?

PHOENIX _ 13:23
Lo que quiero decir es que...
Esas cosas nos ayudan a evocar el pasado,
pero los auténticos recuerdos ya forman parte de ti.
Y aunque cada vez tengas que esforzarte un poco más
para rescatarlos de la memoria,
estoy seguro de que nunca llegarán a abandonarte.

ELIA _ 13:25
Vaya...
No sabes cuánto me alegra ver que me escuchas.
Así... sin más.
A veces me siento tan diferente,
tan fuera de lugar...

ELIA _ 13:26
Y de pronto apareces tú, de la nada,
y puedo hablarte de algo así
como si fuera la cosa más normal del mundo.
No sé, es raro.

PHOENIX _ 13:26
Es... diferente, como tú has dicho. :)
Ambos lo somos, supongo.
Yo también me alegro de que confíes en mí.
En parte, creo que te entiendo
mejor de lo que imaginas.

ELIA _ 13:26
¿Y eso?

PHOENIX _ 13:27
Yo tuve que hacer borrón y cuenta nueva hace poco
y todavía estoy escogiendo y descartando
qué quiero conservar del pasado.
O, mejor dicho, qué recuerdos encajan
con quien soy ahora.

ELIA _ 13:27
Supongo que no hablas de libros y películas, ¿no?

PHOENIX _ 13:27
No, me temo que no.

ELIA _ 13:28
¿Quién eres, Phoenix?

PHOENIX _ 13:28
Un alma amiga.

ELIA _ 13:28
Y entonces, ¿por qué te desconectaste
cuando te pedí que nos conociéramos?

PHOENIX _ 13:29
Ya nos conocemos, Elia.

ELIA _ 13:29
Digo en persona.

PHOENIX _ 13:29
¿Tan importante es para ti?

ELIA _ 13:29
No sé... Creo que sí.
¿A ti no te gustaría verme a mí?

PHOENIX _ 13:30
No me hace falta mientras pueda leerte como ahora.
Aunque cueste creerlo, puedo oírte susurrar, gritar y reír.
Tu voz tiene en mi mente timbre, intensidad, altura....

ELIA _ 13:30
Pero no es la mía.
Ni la tuya.

PHOENIX _ 13:30
Tampoco lo sería si me conocieras, Elia.
Todas las voces se vuelven diferentes al escribir,
aunque pongamos las mismas palabras
que diríamos en alto.
Es cierto que con los mensajes
podemos meditar una respuesta,
corregirnos, dejar frases a medias...

PHOENIX _ 13:31
Pero, aunque no sea nuestra voz,
me gusta pensar que en el fondo sí que somos
las palabras que escribimos,
por mucho que nos editemos a nosotros mismos
cuando sea necesario o nos dejemos llevar
por la alegría o la rabia del momento...
Además, siento que de esta forma
podemos llegar a decirnos cosas
que quizá no nos atreveríamos a revelar
si nos miráramos a los ojos.

ELIA _ 13:32
Vamos, que me estás diciendo
que me conforme con lo que hay...

PHOENIX _ 13:32
No, Elia.
Nunca te conformes.

PHOENIX _ 13:33
Solo te pido una cosa:
permíteme que esté a tu lado... sin estar.
¿Puedes?

ELIA _ 13:33
Supongo que sí.

ELIA _ 13:34
Pero me preocupa que,
si un día dejas de escribirme,
lo único que me quede de ti
sean nuestros mensajes del HBits,
¿sabes?

ELIA _ 13:35
Y que no pueda completar nunca
el recuerdo de estas palabras
con el sonido de tu risa
o tu manera de susurrar o, yo que sé,
el modo en el que intentas guiñar un ojo...
Jajaja.

No sé...
Lo que intento decir es que,
si nunca llego a conocerte en persona,
será como si nunca hubieras estado...
de verdad.

PHOENIX _ 13:36
Eso solo lo sabremos si no me echas de menos
el día que desaparezca...
De ahí que «solo en la distancia nace el verdadero amor
por lo que deseas y extrañas».

ELIA _ 13:37
¡Pero es que justo a eso me refiero!
¿Qué es lo que echaría de menos, en realidad?
¿Tus palabras?
¿Tus pensamientos?
¿Tus respuestas oportunas?
¿A ti?
¿Cómo podría echarte de menos
si no te conozco más allá de esta pantalla?

PHOENIX _ 13:37
Elia, los mensajes que te escribo
tienen más de mí que cualquier otro detalle
de mi aspecto exterior...

PHOENIX _ 13:38
¿Acaso no valen más las palabras que decimos
o que guardamos cuando estamos tristes
que la sonrisa que nos obligamos a esbozar para los demás?
Sé que puede sonar ridículo,
pero te estoy mostrando mi parte más real.

ELIA _ 13:39
Entonces solo te pido
que no dejes de escribirme.

PHOENIX _ 13:39
No lo haré.
Me gusta leerte...

ELIA _ 13:40
¿Sería muy arriesgado decir
que ya te echaría de menos
si desaparecieras?

PHOENIX _ 13:40
Si eso es de ser arriesgado,
entonces ambos lo somos. :)

ELIA _ 13:42
¡Arggggg!
Phoenix, tengo que dejarte.
Mi madre acaba de entrar en la habitación
y se ha puesto como una fiera.
Hablamos pronto...
¡Un beso!

PHOENIX _ 13:42
Siempre que quieras.
Suerte con la elección de los recuerdos...

SUE _ 19:40
Tíaaaaa, ¿donde andas?
Dime que no te has rajado, por favor...

ELIA _ 19:41
¡Ya llego! Voy en el bus.
Perdón, perdón, perdón.

SUE _ 19:41
Bueno, te esperamos en la puerta.
Esto está petado.
¿Cuál es la clave para inaugurar un bar-karaoke?
¡Organizar un concurso con un buen premio!

ELIA _ 19:41
¿De verdad tenemos que cantar?
Yo preferiría sentarme en una esquina
y escuchar...

SUE _ 19:42
¿Y desaprovechar la oportunidad
de ganar un viaje a los Pirineos?
No, nena, tú cantas.
Igual que Tommy y yo.
Así tendremos más posibilidades...

SUE _ 19:43
Por cierto, nunca había visto a Tommy tan elegante, jeje.
Parece una estrella de Hollywood...

ELIA _ 19:43
Huuuy...

SUE _ 19:43
¿Qué?

ELIA _ 19:43
No sé, tú sabrás...
Jajaja.

SUE _ 19:43
¿Yo sabré el QUÉ?

ELIA _ 19:43
¡La razón por la que se ha arreglado tanto!

SUE _ 19:44
¡¿Qué dices?!
Te recuerdo que aquí somos dos,
así que no te hagas la listilla...

ELIA _ 19:44
Ya, ya, pero a un tío
se le notan estas cosas a la legua. ☺

SUE _ 19:44
Estás fatal, mi querida Elia.

SUE _ 19:45
Anda, date prisa, que acaban de abrir las puertas.
Te vemos dentro, tardona.
¡Muak!

TOMMY _ 20:04
Dónde estás???
He mirado las canciones con Sue,
pero no tienen Regina Spektor.
Sorry!
Alguna otra petición?

ELIA _ 20:05
¿No tienen Regina Spektor?
Jo... Bueno, cuando llegue veo qué puedo cantar.
Y tú, ¿qué has elegido?

TOMMY _ 20:05
Es secreto!

ELIA _ 20:05
¿No me lo vas a decir?

TOMMY _ 20:05
No. Lo voy a cantar.
LOL!

♥ ♥ ♥

PHOENIX _ 20:40
Hola, Elia...
¿Puedes hablar?

PHOENIX _ 21:02
¿Estás por ahí?

ELIA _ 21:05
¡Phoenix!
Ando de fiesta con unos amigos.

PHOENIX _ 21:05
Me alegro. :)
¡Disfruta entonces por los dos!

ELIA _ 21:05
Claro que lo haré.
¡Pero tú también tienes
que divertirte por tu cuenta!

PHOENIX _ 21:06
Sí, lo intentaré,
pero seguro que tú te lo vas a pasar mejor que yo.

ELIA _ 21:06
¿Y por qué no sales un rato?

PHOENIX _ 21:08
Como te dije,
solo siento que existo cuando hablo contigo.

ELIA _ 21:08
Entonces eres un fantasma
que vive dentro de mi móvil, ¿no?
¡Jajaja!
Pues ten cuidado,
porque no me queda mucha batería...

PHOENIX _ 21:10
Bueno, ya veo que no te pillo en el mejor momento...
Hablamos más tarde.
¡Diviértete!

[Phoenix se ha desconectado]

BALANCE DEL MARTES
Pulsaciones: 2629
Amigos: 3
Tiempo de conexión: 32 minutos

Miércoles, 13 de agosto

Buda dice...
«Pocos son, entre los hombres,
los que llegan a la otra orilla;
la mayor parte corre de arriba abajo
en estas playas».

SUE _ 09:30
Control de Tierra llamando a Eliaaaaa.

SUE _ 10:02
¿Aún estás sopa?

SUE _ 10:49
¿¡Tan cansados terminasteis!? Jejeje...

ELIA _ 10:51
Elia a control de Tierra.
Dormida.
Vacaciones.
Zzzzzz...

SUE _ 10:56
¡Va! ¡Despierta ya, marmota!
Por lo que veo, volvisteis a las tantas...
Parece que al final os vino muy bien
mi dolor de cabeza, ¿no?

ELIA _ 10:56
¿Qué te ha contado Tommy?

SUE _ 10:57
Eso SÍ que te ha desvelado, ¿eeeh?
Pues poco.
Menos de lo que yo quería saber, la verdad.
De hecho, casi nada.
Al entrar en casa se tropezó con una silla
y me despertó.

Y tú fuiste a por él, por supuesto.

SUE _ 10:58
Sip. :D
Le hice un interrogatorio de tercer grado, pero fue inútil...
Decía que estaba cansado
y no paraba de repetir que había ganado el concurso.
Al final lo dejé por imposible.
Sigue durmiendo como un bendito.

SUE _ 11:01
Eli... ¿Sigues ahí?

ELIA _ 11:01
Sí, sí.

SUE _ 11:02
Bueno, ¿entonces?
¿Vas a contarme lo que pasó anoche
o tengo que ir a agarrarte por el cuello?

ELIA _ 11:02
¡Jajaja!
¿Qué quieres saber?

SUE _ 11:02
¿Cómo que qué quiero saber? Pues... T-O-D-O.

ELIA _ 11:03
Ok, ok, pero voy a tardar más bien poco.

SUE _ 11:03
¿Por?

ELIA _ 11:03
Pues porque no pasó nada, en serio.
Nada reseñable, al menos.
¿Tú cómo te encuentras?
Deberíamos haberte acompañado a casa...

SUE _ 11:04
Estoy bien, solo fue una migraña.
Sentí mucho tener que marcharme
y no quería cortaros el rollo a vosotros también. ☹
Pero venga, sigue, jooo...

ELIA _ 11:04
¿Pero qué quieres que te cuente, Sue?
Cuando te marchaste
nos cambiamos a una mesa más pequeña
para dejarle el sitio a otro grupo
que acababa de llegar.

SUE _ 11:05
Más intimidad, ajam...

ELIA _ 11:05
Tampoco te emociones.
Seguimos hablando y hablando.
Saltábamos de un tema a otro.
Que si EE UU, que si España,
que si mi carrera, que si un proyecto
que quería hacer él con unos amigos...
Realmente es un chico genial, pero...

SUE _ 11:05
¿Pero...?

ELIA _ 11:06
Pero ya está, Sue.
No hay esa chispa entre nosotros...
¿Sabes a lo que me refiero?
Ese calambrazo que sientes
cuando miras a alguien que te vuelve loco.
Ese flash que nos descubre en cualquier historia
que los protas van a acabar juntos...
Simplemente, no surgió.
Y es algo que no se puede forzar.

ELIA _ 11:07
También me habló de Mila.

SUE _ 11:07
¿Te contó lo de su ex?

ELIA _ 11:07
Sí, me dijo que ella había roto con él
unos meses antes de venirse
y que aún no lo había superado del todo.

SUE _ 11:07
Conmigo se mostró más normal
cuando salió el tema.
Sé que puedo sonar injusta,
pero después de oír su historia,
me alegro de que lo dejaran.
Estaba claro que la chica no le convenía,
¡y eso que no la conozco!

ELIA _ 11:08
Pues sí.
Tommy se merece a alguien mejor.

SUE _ 11:08
Ya... Me da rabia que le dejara tan tocado.
Además, con esa sonrisa que nunca se le va de los labios,
cuesta creer que pueda llegar a estar triste, ¿no?

ELIA _ 11:08
Jajaja, sí...
Si vuelve a sentir algo por una chica,
espero que sea por alguien que le corresponda.
Y sé que esa persona no sería yo.

SUE _ 11:08
Oh...

ELIA _ 11:09
¡Pero eso no es malo!
¿Crees que me habría quedado hablando
hasta las dos de la mañana
con alguien que me cae mal?
Tommy es genial.
Simplemente, no es para mí.
Ni yo para él.

SUE _ 11:09
Eso suena como si ya tuvieras en mente
a alguien para ti...

ELIA _ 11:09
Pues...

SUE _ 11:09
¿¿¿???

SUE _ 11:10
Por favoooooooooor...
No me digas que estás pensando
en el friki ese del HBits...
¡¡¡Tienes que estar de coña!!!

ELIA _ 11:10
Sue, cálmate.
Solo es un amigo...

SUE _ 11:11
¿Ahora es un AMIGO?
¿Desde cuándo?
¡Si ni siquiera le conoces!
No le has visto nunca,
ni tampoco sabes cómo se llama ni de dónde es.
Tía, por esos mensajes que te escribe,
¡podría ser un asesino en serie!

ELIA _ 11:11
Igual me he vuelto loca,
pero de alguna manera sé que no lo es.
De verdad, Sue.
Simplemente, lo sé.

SUE _ 11:12
Mira, Eli, ya sabes que soy la primera
que quiere creer en amores imposibles.
Entre hadas, vampiros, hombres lobo, fantasmas...
Me da igual.
Pero todo lo que envuelve al Phoenix este me resulta MUY RARO.
¿Cómo sabe tanto sobre ti?
¿Y por qué no quiere decirte de qué te conoce?

ELIA _ 11:13
Tal vez él tenga razón
y esas cosas no importen tanto.
No cuando siento que me habla al alma, Sue.
Desde el primer momento, desde su primer mensaje...

SUE _ 11:13
No sé, Eli.
No me fío de él...

ELIA _ 11:13
¿No eres tú la que siempre me dice
que tenemos que seguir nuestros instintos?

SUE _ 11:13
En teoría...

ELIA _ 11:14
No solo en teoría.
En la práctica también.
Y mi instinto me dice que puedo confiar en Phoenix.

SUE _ 11:14
Aunque no le hayas visto jamás.

ELIA _ 11:15
Y aunque no haya escuchado su voz, sí.
Aunque ni siquiera sepa cómo son sus ojos o su sonrisa,
o si gesticula mucho al hablar,
o si tiene los hombros anchos o es un enclenque.
Me he dado cuenta de que me da igual.
Y me da igual porque nunca me había sentido tan bien
como me siento cuando hablo con él.
¿Tiene sentido que necesite algo que no sabía que necesitaba
de alguien a quien en realidad no conozco?

SUE _ 11:15
No lo sé.
Llegados a este punto de la conversación,
me lo creo todo...
En algún sitio leí que a veces un desconocido
es el mejor de los confidentes.
Pero tengo miedo de que lo pases mal, Eli.

ELIA _ 11:16
Ya lo sé, Sue.
Y te quiero por ello. ☺
Pero creo que estoy dispuesta
a correr el riesgo.

SUE _ 11:16
También me da penilla Tommy...

ELIA _ 11:16
¿Por qué?

SUE _ 11:16
Porque no hace falta más que leerte
para saber que el Phoenix este
se ha convertido en algo más que un amigo.

ELIA _ 11:17
Estoy rodeada de pitonisas y fantasmas...
¡Vaya plan el mío!

SUE _ 11:17
Solo te pido que no le hagas daño.
A Tommy, me refiero.
¿Ok?

ELIA _ 11:17
Noooo, ¡claro que no!
Lo prometo. ☺

SUE _ 11:17
Hablando del rey de Roma.
Aquí llega nuestro guiri favorito.
Espera un segundo, Eli.

SUE _ 11:20
Parece que ayer perdió el móvil.
Ha intentado llamar al número,
pero el teléfono está desconectado.
Te manda muchos besos
y dice que te escribirá en cuanto consiga uno nuevo.

ELIA _ 11:20
Ok.

SUE _ 11:20
Quiere que le acompañe a una tienda de telefonía.
Grrrrr...

ELIA _ 11:20
¡Jajajaja!
Yo tengo terapia con Marion en un rato.

SUE _ 11:20
¡Pues que vaya bien!
Luego hablamos.
¡Muaaak!

ELIA _ 15:10
¿Ya estás en casa?

MARION _ 15:11
Justo acabo de llegar, sí.

ELIA _ 15:11
¿Te sientes mejor?

MARION _ 15:11
Sí. ;-D
¿Y tú?

ELIA _ 15:11
Aún recuperándome...
Vaya sesioncita la de hoy.

MARION _ 15:11
Sí, ha sido bastante intensa.
Quién nos iba a decir
que acabaríamos llorando como bobas...

ELIA _ 15:12
Y riendo, oye.
Que nunca viene mal. ☺

MARION _ 15:12
Eso también, sí. Jijiji...
Me han encantado tus fotos de peque.
¡Eras muy mona!

ELIA _ 15:12
¡Habló!
Tú parecías sacada de un catálogo de moda.
Y las que has enseñado del viaje a Inglaterra con tus padres...
Jooo, ¡casi no te reconozco!
¿Cómo te dio por cortarte tanto el pelo
y teñírtelo de negro?

MARION _ 15:13
Ya te dije que no siempre he sido
tan maja y tranquila como ahora...
Ese fue mi look durante MUUUCHOS años.

ELIA _ 15:13
Con cualquier estilo
estás estupenda.

MARION _ 15:13
Estaba.

ELIA _ 15:13
Estás.
Ya te lo ha dicho Xavier.
Es justo eso lo que te impide avanzar.
Hasta que no te quieras como eres...

MARION _ 15:14
¡Si yo me quiero!
Pero, jolines, tengo que ser realista:
¡me he quedado sin media cara!

ELIA _ 15:14
Pero has ganado madurez,
fuerza de voluntad e incluso sentido del humor.
¿Cuántas personas crees
que podrían hablar como tú
después de todo lo que has pasado?
Pocas, ¡muy pocas!
Te has convertido en una chica
cien mil veces más valiente
y segura de sí misma.
¡No hay más que verte!
Solo te queda este último escalón...

MARION _ 15:15
Ya, ya, pero aun así, Elia,
esas fotos me recuerdan
cómo era en el pasado.
Me resulta muy difícil contenerme
para no romperlas...

ELIA _ 15:15
Marion, aunque ahora te sientas mal,
sabes que una vez fuiste feliz.
¡Y puedes volver a serlo!
Eres preciosa en muchos más sentidos
de los que te puedas imaginar.
Y eso es lo que tienes que pensar
cuando mires esas fotos...

MARION _ 15:16
Me pregunto de dónde te saldrá
esa vena tan filosófica,
pero no sabes lo mucho que me ayuda.
;-D

ELIA _ 15:16
Me la está pegando un amigo.

MARION _ 15:16
Vaya, ¿y también te ayuda con tus recuerdos?
No te ha servido de nada el ejercicio de hoy, ¿no?

ELIA _ 15:17
No...
Por muchas fotos que mirara y remirara,
ninguna me daba pistas
sobre los tres días que me faltan.

MARION _ 15:17
Estoy segura de que volverán,
hazme caso.

ELIA _ 15:17
Yo también confío en que así sea.
Si al menos pudiera hablar
con el taxista que me llevó aquella noche...
Le dieron el alta mucho antes que a mí
y mis padres insisten en que es mejor
que recuerde todo de forma natural,
sin forzar...

MARION _ 15:17
Date tiempo, Elia.

ELIA _ 15:18
Sí, sí, de verdad que lo hago.
Pero cuando una se viene abajo
es difícil encontrar fuerzas.
Ya sabes...

MARION _ 15:18
Sí, pero para eso estamos aquí las amigas.
Y, oye, igual no has recordado nada,
¡pero las risas de hoy no nos las quita nadie!

ELIA _ 15:18
Ni los lloros, jajaja.

MARION _ 15:18
Eso tampoco, jijiji...

MARION _ 15:19
Voy a dejarte, Eli,
que me tengo que ir a comer.
¡Chao, guapa!

ELIA _ 15:19
Un beso, preciosa. ☺

PHOENIX _ 23:15
¡Buenas noches, Elia!
¿Cómo te pillo?

ELIA _ 23:15
Llorando a moco tendido.
Snif, snif...

PHOENIX _ 23:15
Vaya, ¿y eso?
¿Puedo hacer algo por ti?
Excepto llevarte un clínex...

ELIA _ 23:16
No hace falta, jajaja.
La culpa la tiene una peli,
así que es una tontería.

PHOENIX _ 23:16
De tontería, nada.
No sé cuál estarás viendo,
pero merece todo mi respeto
si ha conseguido emocionarte tanto.

ELIA _ 23:16
"Big Fish".
¿La conoces?

PHOENIX _ 23:17
Sí, pero no la he visto.
La tengo pendiente desde hace mucho.
Estaría bien que alguien inventara una máquina
que pudiera atrapar el tiempo.
Y no solo para ver películas...

ELIA _ 23:17
Esta es una de mis favoritas.
La música, los personajes, la importancia que le dan
a las historias y a la imaginación...
Se me ponen los pelos de punta
con todos los diálogos.

ELIA _ 23:18
Hay uno que llevo grabado en el alma:
"Un hombre cuenta sus historias tantas veces
que al final él mismo se convierte en esas historias.
Siguen viviendo cuando él ya no está.
De esta forma, el hombre se hace inmortal".

PHOENIX _ 23:18
Definitivamente, tengo que verla.

ELIA _ 23:18
Creo que por eso me atrae tanto
la idea de convertirme en directora de cine.
Mi vida es la que es, pero a través de las películas
podría meterme en la piel de quien quisiera
y vivir cosas mucho más emocionantes,
más perfectas...

PHOENIX _ 23:19
No te menosprecies, Elia.
Y menos ahora que el universo te ha dado
una segunda oportunidad.
Todo lo que veo en ti es excepcional,
y me encanta cómo piensas.
Pero entiendo lo que dices.
A veces, cuando leo un libro,
aunque aparezcan dragones o mundos imaginarios,
siento que son más reales
que mi día a día...

ELIA _ 23:20
¡Sí! ¡A eso me refiero!
Estoy deseando acabar el instituto
para dedicarme a lo que de verdad me gusta.
Creo que entonces seré un poquito más feliz.
¿A quién decías que había que meterle prisa
para que inventara esa máquina del tiempo?

PHOENIX _ 23:20
Jejeje.
Ojalá tuviera la respuesta...
La actriz británica Margaret Lee
decía que la felicidad no es un estado
al que hay que llegar,
sino una actitud con la que viajar.
Y yo estoy de acuerdo con ella,
aunque a veces el propio viaje
nos parezca más un castigo que otra cosa...

PHOENIX _ 23:21
Pero bueno, ese es nuestro sino, al fin y al cabo:
viajar y construir nuestras propias historias
para luego recontarlas con otras palabras
y otros protagonistas.

ELIA _ 23:22
¿Y cuál es tu historia, Phoenix?

PHOENIX _ 23:22
Podría decirse que la mía está rota.
Como todas las que me rodean ahora mismo.
Historias inacabadas con personajes perdidos
y sin rumbo...

ELIA _ 23:22
¿Así te sientes tú?
¿Sin rumbo?

PHOENIX _ 23:23
Sí, excepto cuando hablo contigo.

ELIA _ 23:23
☺

ELIA _ 23:24
Pues entonces tendremos que inventarnos
una historia nueva los dos juntos.
Aunque por el momento
tenga que conformarme
solo con nuestros mensajes...

PHOENIX _ 23:25
Las historias que surgen de las palabras
son siempre las mejores.

ELIA _ 23:25
Depende.
También me gustan
las que surgen de un beso
o de una mirada.

PHOENIX _ 23:25
Por lo menos la nuestra
quedará registrada para siempre
en la red.

ELIA _ 23:26
Es posible...
Pero espero que muy pronto
empiecen a faltarle capítulos, Phoenix.
Así podremos incluir otros
que solo dejarán huella en nuestra memoria.

PHOENIX _ 23:26
Ojalá...
Buenas noches, Elia.

ELIA _ 23:26
Buenas noches, Phoenix.

BALANCE DEL MIÉRCOLES
Pulsaciones: 5479
Amigos: 3
Tiempo de conexión: 49 minutos

Buda dice...
«*Así es nuestro mundo huidizo:*
una estrella en el alba,
una burbuja en la corriente,
un breve relámpago en una nube de verano,
el parpadeo de una lámpara,
un fantasma, un sueño».

SUE _ 17:59
Me ha vuelto a preguntar por ti.

ELIA _ 17:59
¿Tommy?

SUE _ 18:00
Sí.
Dice que se lo pasa genial con nosotras.
Pero se refiere más bien a ti,
en serio.

ELIA _ 18:00
STOP.
Eso te lo estás inventando.
Además, a mí no me engañas, Sue.
Yo creo que te gusta a ti.

SUE _ 18:01
No te desvíes del tema.
Estoy hablando de ti.
De vosotros dos.
¿Por qué no te iba a molar?
Es guapo, divertido, interesante...
¡Y extranjero!
Con lo que molan los guiris...

ELIA _ 18:02
Con lo que te molan A TI.
Jajaja.
Y sí, es verdad que es guapete,
que parece majo, bla, bla, bla...

SUE _ 18:02
Bla, bla, bla, ¡nooooooooo!
Mide más de metro ochenta,
tiene los ojos de un azul extraterrestre,
es una enciclopedia andante,
canta y compone...

SUE _ 18:03
¿Pero tú te acuerdas del karaoke?
¡Dios!
"It will rain", de Bruno Mars,
NUNCA volverá a sonarme igual de bien.

SUE _ 18:04
Ahhh, y lo más importante:
puede mantener una conversación sobre LIBROS.
¿¿¿Qué más quieres???

ELIA _ 18:05
Si no te digo que no, Sue.
¡Pero léete, tía!
¿Seguimos fingiendo?

ELIA _ 18:07
¿Holaaaaa?

ELIA _ 18:09
¿Me lees?

SUE _ 18:09
Ay. Dios. Mío.
AY, AY, AAAAAY...

SUE _ 18:10
¡¡¡No te lo vas a creer!!!

ELIA _ 18:10
¿Qué?
¿Qué pasa?

SUE _ 18:10
Creo que acabo de descubrir a Newton.

ELIA _ 18:10
¿En la wiki?

SUE _ 18:11
No, en pleno centro. El café Newton.
Lo tengo delante de mis narices ahora mismo.
Tía, ¡su logo es un gato saliendo de la manzana!

ELIA _ 18:11
¿Me estás vacilando?

SUE _ 18:11
No, ¡en serio!
Iba de camino al curso de Tarot y lo acabo de ver.
Está claro que tu recuerdo tiene que ver con esta cafetería.
Sí o sí. No puede ser una coincidencia.

SUE _ 18:12
Pero yo nunca he entrado aquí.
¿Tú?
Este sitio está en la calle Filatelia...

SUE _ 18:13
¿Eli? ¿Sigues ahí?

ELIA _ 18:15
Sí, sí...
Creo que he recordado algo.

SUE _ 18:15
¿El qué?
¡CUENTAAAAA!

ELIA _ 18:17
Una imagen borrosa de... una mesa.
Casi seguro que de una cafetería.
Puede que fuera esa, no sé...
Y estaba sentada con alguien.

SUE _ 18:17
Si quieres puedo entrar a preguntar.
A lo mejor algún camarero se acuerda de ti
si le enseño una foto...

ELIA _ 18:18
Puuuf, dudo que le suene mi cara
con todas las que pasan por allí...

SUE _ 18:18
Entonces tendrás que venir tú
para ver si este lugar te trae algún otro recuerdo.

ELIA _ 18:18
Sí, eso voy a hacer.

SUE _ 18:19
¿Quieres que te acompañe?

ELIA _ 18:19
No, mejor no.
Creo que debo hacerlo sola.
Gracias por todo, Sherlock Sue.
¡Eres la mejor!

SUE _ 18:19
¡Lo sé! :D
Y ya hablaremos de lo otro, jeje...

SUE _ 18:20
Eli, te dejo, que llego tarde.
¡Muak!

PHOENIX _ 23:30
«Éramos como dos desconocidos
que se conocían muy bien».

ELIA _ 23:31
¡Ohhh!
¿Has visto "Big Fish"?

PHOENIX _ 23:31
Por supuesto.
No podía pensar en otra cosa
después de lo que hablamos ayer.

ELIA _ 23:31
¿Y qué te ha parecido?

PHOENIX _ 23:31
Me ha encantado...
Es lo que tú decías:
la fuerza del argumento reside precisamente
en las historias incompletas de los protas.
Parece un compendio de cuentos inacabados.
Como la vida misma. :)

ELIA _ 23:32
¿Verdad que sí?
Y es tan, tan especial...
Te muestra que la vida está llena
de instantes mágicos.
Solo tenemos que saber encontrarlos. ☺
Me alegro de que te haya gustado, Phoenix.

PHOENIX _ 23:32
Mucho.
Y en particular, la frase que te puse antes.
«Éramos como dos desconocidos
que se conocían muy bien».
Me ha recordado a nosotros.

ELIA _ 23:32
Sí, es cierto.
Solo que, en realidad,
yo no soy una desconocida para ti...

PHOENIX _ 23:33
Bueno, ¿acaso no lo somos todos para todos?

ELIA _ 23:33
Ya sabes a lo que me refiero.

PHOENIX _ 23:33
Lo sé, pero creí que quedamos
en que me ibas a conceder ese favor...
¿Has cambiado de opinión?

ELIA _ 23:33
Phoenix, cambio de opinión cada vez que pienso en ti,
cada vez que recibo uno de tus mensajes
y cada vez que tengo que darte una respuesta.

ELIA _ 23:34
No puedo evitarlo.
Cuanto más hablamos y más compartimos,
más necesito verte
y saber quién se esconde
detrás de unas palabras
que parecen venir de mí misma.

PHOENIX _ 23:34
No sé si puedo hacer eso, Elia.
Y tampoco sé si alguna vez podré...

ELIA _ 23:35
Una foto, Phoenix.
Solo te pido eso.
Podrías incluso robarla de Internet
y mandármela diciendo que eres tú.

PHOENIX _ 23:35
Nunca haría algo así.
Eso sería mentir,
y ya te dije que nunca te mentiría.

ELIA _ 23:35
Pero tampoco me dices toda la verdad...

PHOENIX _ 23:36
¿De qué te serviría tener una foto?
Tú misma lo has dicho: podría ser cualquiera.
Y aunque la imagen fuera mía,
no reflejaría de ninguna manera
lo que siento o cómo pienso.
Eso lo hago a través de mis palabras.

ELIA _ 23:36
Pero yo quiero conocer al chico
que hay detrás de estos mensajes...
Además, tú sí sabes quién soy yo.

PHOENIX _ 23:36
Borraría ese recuerdo si pudiera, Elia,
con tal de que te sintieras
en igualdad de condiciones.

ELIA _ 23:37

No, tampoco es eso...
Mira, qué más da.
En el fondo, tu aspecto me da igual,
te lo prometo.
Es solo que mi amiga Sue está preocupada
porque hable tanto contigo
sin saber quién eres.

ELIA _ 23:38

Y a mí ese tema me agobia y me hace dudar.
Yo también quiero ser sincera contigo,
y por eso te lo digo.
No sé si podré soportar esto
por mucho más tiempo...

PHOENIX _ 23:38

Entonces aprovechemos todos los minutos
que quieras regalarme.
Cuéntame, ¿qué tal tu día?

ELIA _ 23:38

Un tanto extraño.
Sue me está ayudando con una cosa...

PHOENIX _ 23:38

¿Con qué?

ELIA _ 23:39

No sé si te lo llegué a contar,
pero cuando desperté del coma,
había olvidado los tres días anteriores al accidente.

PHOENIX _ 23:39

Vaya... Lo siento, Elia.
¿Y has conseguido recordar algo?

ELIA _ 23:39

No mucho, la verdad...
Solo sé que estuve en una cafetería.
El Newton. ¿Lo conoces?
No sé ni por qué te lo pregunto, jaja.
Quizá ni siquiera seas de aquí...

ELIA _ 23:40
La cuestión es que creo que estuve allí,
pero no sé con quién.

PHOENIX _ 23:40
¿Y qué vas a hacer?

ELIA _ 23:41
No lo sé...
Supongo que ir al Newton me ayudará.
Ojalá fuera como en las películas
y recuperara de golpe
todos los fragmentos que me faltan...

PHOENIX _ 23:41
Sí, estaría bien.
Pero ¿no tienes miedo de lo que puedas descubrir?

ELIA _ 23:42
Cualquier cosa sería mejor
que este espacio en blanco.
Además, ¿qué podría ser tan horrible
como para no querer recordarlo?
¿Que he matado a alguien?

PHOENIX _ 23:43
¿Que eres agente secreto?
¿Que tienes superpoderes?
O, ya puestos a divagar...
¿que te has enamorado?

ELIA _ 23:44
¿Y haberlo olvidado?
Imposible.
Estoy segura de que Sue lo sabría.
Si no... entonces sería ella la que me mataría a mí,
jajaja.
Además, solo he perdido varios días...

PHOENIX _ 23:44
Bueno, a veces basta con un solo instante
para enamorarse...

ELIA _ 23:45
Vaya, vaya.
Noto un poco de melancolía en el ambiente.
Nunca te lo he preguntado,
pero ¿hay alguna chica rondando por ahí?

PHOENIX _ 23:45
Aparte de ti, ninguna.
Más allá de nuestras conversaciones,
mi vida no es muy real que digamos...

ELIA _ 23:46
Me entristece leer eso, Phoenix.
Pero me alegra que hablar conmigo
te ayude de alguna manera...
A lo mejor podríamos tener algo más, quién sabe.
Aunque, claro, podría estar enamorada de alguien,
como tú dices, ¡y no acordarme!
Y no querría traicionar a mi auténtico amor contigo.
¡Jajajaja!

PHOENIX _ 23:46
En ese caso, esperaré a que recuerdes...
o a que te conformes con el olvido.

ELIA _ 23:47
Ah, no. Eso nunca.
Alguien me dijo una vez
que conformarse no era una opción,
y lo estoy siguiendo a rajatabla. ☺

PHOENIX _ 23:47
Jejeje. Eso me deja muy tranquilo.
Entonces, tendré que aguantar
hasta que regresen tus recuerdos.

ELIA _ 23:47
Sí... Hasta que regresen mis recuerdos.

ELIA _ 23:48
Ya casi es medianoche,
así que voy a ir apagando...

PHOENIX _ 23:48
Como una princesa responsable.

ELIA _ 23:49
Así es.
¡Buenas noches, Phoenix!

PHOENIX _ 23:49
Buenas noches, Elia.
Ojalá te llegue el sueño
antes de que la carroza se convierta en calabaza. :)

BALANCE DEL JUEVES
Pulsaciones: 3381
Amigos: 2
Tiempo de conexión: 40 minutos

Buda dice...
«*Larga es la noche
para quien yace despierto;
larga es la milla
para quien va cansado*».

ELIA _ 11:28
¡Hola, holaaaaa!
¿Puedo hacerte una pregunta?
No he dormido muy bien dándole vueltas a algo...

MARION _ 11:30
¡Elia! Claro, dispara.
Así me entretengo un rato.
Estoy en la sala de espera
y no sabes lo divertido que es
que todo el mundo te mire de reojo...
(No, la verdad es que es una mierda).

ELIA _ 11:30
He pillado la ironía, jajaja.
Bueno, en realidad no sé por dónde empezar...

MARION _ 11:30
El principio siempre es una buena opción.
;D

ELIA _ 11:31
Pues...
Digamos que mi duda es
si se puede llegar a conocer a alguien...
sin conocerle.

MARION _ 11:31
Jolines, tía, qué misteriosa te has puesto.
¿Puedes concretar algo más?

ELIA _ 11:31

Hay un chico al que no he visto nunca,
pero con el que hablo prácticamente todos los días...

MARION _ 11:31

¿Por el HBits?
¿Y cómo tiene tu número?

ELIA _ 11:32

No lo sé.
Me conoce de algo,
pero no me quiere decir de qué.
De todas maneras,
eso no es lo que me preocupa.

MARION _ 11:32

Pues debería...

ELIA _ 11:32

Ay, Marion,
no empieces tú también con eso...
¡Eres igual que Sue!

MARION _ 11:33

¿Cómo?
¿Precavida? ¿Desconfiada?

ELIA _ 11:33

Aguafiestas.

MARION _ 11:33

Elia...

ELIA _ 11:33

No sabéis nada de él.

MARION _ 11:33

¡Ni tú tampoco!

ELIA _ 11:34

Igual antes no,
pero ahora sé cada vez más.
Cuando hablamos...
es como si solo existieran nuestros mensajes.
Como si no importara nada más.

ELIA _ 11:35

No me juzga, no me sermonea.
Solo me escucha y me comprende.
Y sé que lo hace con el corazón.
No me hace falta verle
para saber que no está fingiendo, Marion.
Nadie podría mentir tan bien
y seguir siendo tan real, tan cercano...

MARION _ 11:35

Pero Elia, ¿no te da miedo que él sepa quién eres y tú no?

ELIA _ 11:36

Prefiero no planteármelo...
Con Phoenix todo es diferente.

MARION _ 11:36

¿Y sabes al menos cómo se llama de verdad?

ELIA _ 11:36

No me importa.

MARION _ 11:37

Oye, no te enfades conmigo, anda.
Solo te estoy dando mi opinión.

ELIA _ 11:37

Ya, pues es eso lo que más me duele.
Que justo tú pienses así.
Las apariencias no lo son todo...

MARION _ 11:37

No, no lo son.
Pero una cosa es que alguien
tenga una presencia desagradable,
como la mía, sin ir más lejos,
y otra muy distinta es que ese alguien
se esconda y no quiera decirte quién es.
Me parece de cobardes.

ELIA _ 11:38

Ya veo que no debería haberte dicho nada...
Voy a dar un paseo, a ver si me despejo.

MARION _ 11:38
Elia, esperaaaaaaaaaaaa.
Siento que no hayas escuchado
lo que esperabas...
Pero ya sabes que estoy aquí para lo que sea, ¿ok?

TOMMY _ 15:02
Que pesadilla!
Ya activaron mi móvil.
At last!

ELIA _ 15:03
Hola, Tommy.
Me alegra volver a encontrarte por aquí.
¿Cómo estás?

TOMMY _ 15:05
Great!
Con ganas de salir otra vez con vosotras.
Cuándo puedes tú?

ELIA _ 15:06
Aún no lo sé.
Se supone que me estoy recuperando.
Pero también tengo ganas.
Nos lo pasamos muy bien la otra noche.
☺

TOMMY _ 15:08
Sí, LOL...
Oye, una pregunta, Elia.
Hice algo para molestarte?

ELIA _ 15:08
¿Molestarme?
No, claro que no. ¿Por qué?

TOMMY _ 15:11
IDK... A veces soy muy pesado...

ELIA _ 15:12
Tranquilo, no pasa nada.
Ya te digo que me caes genial. ☺
Perdona por haberte dado esa impresión.
Estos días han sido un poco extraños...
Siento que me hayas conocido en este momento de mi vida.
Normalmente no estoy tan... apagada.

TOMMY _ 15:13
Apagada?!
No eres apagada!

ELIA _ 15:14
Qué bien que no se me note tanto.
Supongo que la procesión va solo por dentro, jajaja.

TOMMY _ 15:16
Well, puedo regalaros a Sue y a ti
mi viaje a los Pirineos para animaros.

ELIA _ 15:16
¿Lo harías?
Eso es muy generoso por tu parte, Tommy,
pero no lo aceptaríamos.
Tú tienes que ir. ¡Te lo mereces!

TOMMY _ 15:17
Pues entonces tengo que decidir con quién voy.
Difícil elección...

ELIA _ 15:17
Estoy segura de que, en el fondo,
ambos sabemos con quién te gustaría ir...

TOMMY _ 15:18
LOL!
Y sabes qué pensará ella?

ELIA _ 15:18
Creo que le hará ilusión. ☺
Pero espera a estar completamente seguro
antes de hacer nada,
porque me enfadaré mucho
si alguno acaba con el corazón roto.

TOMMY _ 15:19
Don't worry.
No es fácil encontrar a alguien
con quien conectes tan bien desde el principio.
Y no quiero estropearlo, you know...

ELIA _ 15:19
Ains, no sabes lo bien que te entiendo, Mr. Guiri.

ELIA _ 15:20
Han llamado a la puerta.
Hablamos más tarde, Tommy.
¡Un beso!

PHOENIX _ 16:01
¡Buenas tardes, Elia!
¿Puedes hablar?

ELIA _ 16:10
Depende.

PHOENIX _ 16:10
Huy... Noto un cambio repentino en la atmósfera.
¿Estás bien?

ELIA _ 16:12
No.
Bueno, sí.
He estado pensando...

PHOENIX _ 16:12
¿Pensando?
¿Debería preocuparme?
¿Se acabaron ya nuestros minutos?

ELIA _ 16:13
No lo sé, Phoenix.
Si tuviera que responder ahora mismo...

PHOENIX _ 16:13
¿Qué dirías?

ELIA _ 16:14
Pues te diría que sí.
Que por mucho que me esfuerce,
necesito que nos veamos cara a cara.
Como cualquier chico y chica de este planeta.
Lo entiendes, ¿verdad?

PHOENIX _ 16:14
Sí, pero nosotros no somos cualquiera, Elia.

ELIA _ 16:15
Para esto, creo que sí,
por mucho que tú no quieras verlo...

ELIA _ 16:16
¿Sabes? Sue está empezando a pillarse por un chico,
y verla así de ilusionada me hace plantearme
todo lo que me perderé si me aferro a una relación
que solo puede existir a través del móvil.
Te juro que nunca he sentido una conexión
tan especial con nadie, Phoenix.
Pero solo de pensar que jamás podré abrazarte...
me entran dudas de si esto tiene sentido.

PHOENIX _ 16:16
¿El qué?

ELIA _ 16:17
¡Lo nuestro, Phoenix!
Me encanta hablar contigo,
pero creo que no es suficiente.
Cada vez siento algo más por ti,
y si no paramos ahora, el daño va a ser mayor.
Y no sé si estoy dispuesta a sufrir
por una historia basada en mensajes.

PHOENIX _ 16:17
No quiero que lo pases mal, Elia.
Y te juro que nada me gustaría más que quedar contigo.
¡Sueño con eso!
Pero, créeme, no puedo...

ELIA _ 16:18
¡Venga yaaaaa!
No hay nada imposible,
a no ser que vivas en una base en el Ártico
o en un batiscafo en la fosa de las Marianas.

PHOENIX _ 16:18
Se nota que has jugado al Trivial,
jejeje.

ELIA _ 16:19
Por favor, Phoenix...
Dame una buena razón
para que no podamos quedar.
Para que no estemos aquí juntos,
consolándonos el uno al otro,
y convenciéndonos de que todo va a ser
tan perfecto como queramos que sea.
Se me caen las lágrimas
de solo pensarlo...

PHOENIX _ 16:20
Elia...
No llores, te lo ruego.

ELIA _ 16:20
Dame una razón que me crea,
una a la que pueda agarrarme
para combatir las dudas.
Por favor, Phoenix...

PHOENIX _ 16:21
Te juro que nada me haría más feliz
que estar cerca de ti.
Pero no puedo...
y cualquier excusa que te diera sería mentira.

ELIA _ 16:21
Entonces, dime la verdad.

PHOENIX _ 16:22
No puedo...

ELIA _ 16:24
En ese caso,
no me escribas más.

PHOENIX _ 16:24
De acuerdo.

[Elia ha bloqueado a Phoenix]

ELIA _ 19:02
Ya estoy aquí,
y el día sigue siendo igual de deprimente...
Ha sido inútil.

SUE _ 19:03
¿Estás en el Newton?
¿Y nada de nada?

ELIA _ 19:03
Nada de nada.
Parezco idiota mirando por todas partes
en busca de alguna pista.
El sitio me suena,
y creo que me he sentado
en la misma mesa que la otra vez,
pero no consigo recordar nada más.

SUE _ 19:04
Pues vaya...
Estoy con mi madre en el vivero,
pero si quieres, en un rato voy para allá
a hacerte compañía.

ELIA _ 19:04
No, no te preocupes.
Me voy a ir en cuanto me acabe el café.
A ver si se termina ya este día...

SUE _ 19:04
¿Estás bien?
Te noto muy desanimada...
¿Ha pasado algo más?

ELIA _ 19:05
He hablado con Phoenix
y le he dicho que no vuelva a escribirme.

SUE _ 19:05
¿Así, de repente?

ELIA _ 19:05
Estas cosas o se hacen o no se hacen.
Y tenías razón: era estúpido seguir jugando a este juego.
Al final, la que iba a sufrir era yo.
Y no quiero.

SUE _ 19:06
¿Y él cómo reaccionó?

ELIA _ 19:06
Pues me dijo que vale
con su tono habitual.
Mira, ¿qué más da?
Por mucha conexión mágica que tuviéramos,
está claro que eso no basta.

SUE _ 19:06
No sé, tía, ahora me siento fatal
por haber sido tan pesada con el tema.

ELIA _ 19:07
¡No digas tonterías!
Tú no tienes la culpa de nada, Sue.
Al contrario.
Me has abierto los ojos.
Vale que ahora esté un poco rayada,
pero prefiero mil veces esto
a dejarlo estar y que después sea peor...

SUE _ 19:07
Ya, Eli, pero...
creo que ese "después" ya es ahora...

ELIA _ 19:07
¿A qué te refieres?

SUE _ 19:08
Pues a que, solo con leerte,
me da la sensación de que te has enamorado de Phoenix...

SUE _ 19:09
¿Eli?

SUE _ 19:10
¿Estás enfadada?
Perdonaaaaaaaaaaaaaa, tía.
A lo mejor no debería ir tan de listilla...
Olvídalo, ¿ok?

ELIA _ 19:10
Podría intentar olvidarlo,
pero seguiría siendo verdad.

SUE _ 19:11
¿Estás bien?

ELIA _ 19:11
No... ☹

SUE _ 19:11
Voy ahora mismo para allá.

ELIA _ 19:12
¿Para qué? ¿Qué cambiaría eso?
Lo hecho, hecho está.
Odio ser tan impulsiva... y tan idiota.

SUE _ 19:12
¡¡¡No eres idiota!!!
Has hecho lo que habría hecho cualquiera en tu situación.

ELIA _ 19:12
No, Sue, una persona con cabeza
le habría dado una oportunidad a Phoenix.
O al menos le habría concedido el tiempo que pedía...

SUE _ 19:13
Pero es que ese tiempo
se podría haber alargado eternamente.

ELIA _ 19:14
No sé...
Creo que voy a desbloquearle.

SUE _ 19:14
Eli, espera.
ESPERA, ¿ok?
Antes has dicho que odiabas ser tan impulsiva,
pues sé consecuente.
Nunca te había oído hablar de un chico
como me has hablado de Phoenix,
pero con todo lo que ha pasado,
creo que deberías tomarte unos días para pensar.

SUE _ 19:15
A lo mejor este consejo es igual de malo que los anteriores,
pero me parece que te vendrá bien
no hablar con él durante un tiempo.
Después, ya se verá...

ELIA _ 19:15
¿Y si cuando decida desbloquearle
ya no está?

SUE _ 19:16
Estará.
Por lo que me cuentas, él vive solo por y para ti.
Te lo ha dejado claro una y otra vez.
Ahora tienes que plantearte si tú sientes lo mismo.

ELIA _ 19:16
Supongo que tienes razón...
Dejaré que pase un tiempo, sí.

SUE _ 19:16
:D :D :D

ELIA _ 19:17
Por enésima vez, gracias por estar ahí, Sue.
Entre lo de Phoenix y lo de mi memoria,
me estoy volviendo loca.
Y cada día que pasa me agobia más y más
no recordar NADA...

SUE _ 19:17
Ya me imagino...
Pero no pienso dejarte, Eli.
Y si al final pierdes del todo la cabeza,
yo la perderé contigo, jeje.

ELIA _ 19:17
Eso sí que sería divertido...
Jajaja.

ELIA _ 21:54
Sue...
Vuelvo a ser yo...

SUE _ 21:55
¡Heeey! ¿Qué pasa?

ELIA _ 21:55
Mis padres acaban de decirme que mañana
nos vamos los tres unos días a la playa.
¡Sorpresa!

SUE _ 21:55
¿Así, sin anestesia ni nada?

ELIA _ 21:55
Sin anestesia ni nada.
Ya sabía yo que hoy
no tendría que haberme despertado...
☹

SUE _ 21:56
Bueno, tampoco es el fin del mundo.
Aprovecha para desconectar y aclarar las ideas.

ELIA _ 21:56
Pues sí.
Eso intentaré...

SUE _ 21:56
Además, siempre nos quedará el HBits.
:D

Muy aguda, Rick Blaine.

¿Eim?

Rick Blaine = Humphrey Bogart.
¡El actor que lo decía en "Casablanca"!

Ah, ¡yo qué sé!
Pues aquí te lo dice tu amiga Sue,
que es mucho más cutre, jeje...
¡Buen viajeeeee!

BALANCE DEL VIERNES
Pulsaciones: 5439
Amigos: 4
Tiempo de conexión: 68 minutos

Sábado, 16 de agosto

Buda dice...
*«Acepta estar
en el lugar donde estás;
de otro modo,
perderás tu vida».*

TOMMY _ 16:20
Good morning, señorita!
Estás en la playa?
We miss you...

ELIA _ 16:21
Hello, Tommy!
Estoy en la playa, sí.
Achicharrándome bajo la sombrilla
e intentando que el libro no se llene de arena.

TOMMY _ 16:21
Y la tabla de surf???
I miss la playa, las olas, el sol...

ELIA _ 16:21
Me parece que echas de menos
muchas cosas, ¿no?

TOMMY _ 16:21
LOL!
Qué lees?

ELIA _ 16:22
"Lila, Lila", de Martin Suter.
Una historia de amor imposible
entre dos almas aparentemente opuestas.

TOMMY _ 16:22
Yo creo que no existen amores imposibles.

ELIA _ 16:22
¿Estás pensando en alguien en particular?

TOMMY _ 16:23
Maybe...

ELIA _ 16:23
¿Alguien que conocemos los dos, quizá?

TOMMY _ 16:23
Maybe, again...
Estoy hecho un lío. :(

ELIA _ 16:23
¿Por qué?
¿Qué te preocupa?

TOMMY _ 16:24
Que no sea buena idea.
Después de lo que pasó con Mila...

ELIA _ 16:24
Pero Sue no es Mila, Tommy.
No podemos pasarnos la vida
comparando unas relaciones con otras.

TOMMY _ 16:25
Pero estás segura que yo le gusto?

ELIA _ 16:25
Ella no me lo ha dicho con esas palabras,
pero sí, estoy segura.
La conozco tan bien como a mí misma,
o incluso mejor... Jajaja.

TOMMY _ 16:26
Ya, well...
Soy un poco lento para entender algunas cosas.
Mis sentimientos, por ejemplo.

ELIA _ 16:26
Creo que eso nos pasa a todos, Tommy.
Como mucho, a veces llegamos a aceptarlos
o nos resignamos a obedecerlos...

ELIA _ 16:27
Yo tampoco entiendo
muchas de las cosas que siento.

TOMMY _ 16:27
Y por eso estás tan triste?

ELIA _ 16:27
Sí, pero eso no importa ahora.
Habla con Sue.
Pasa tiempo con ella
hasta convencerte de lo que yo ya sé.
Y después... después ya se verá.
Como decían en la obra "Cordón Umbilical",
en esta vida solo hay un plan posible:
dejarse llevar.

TOMMY _ 16:28
Dejarse llevar. Sounds good!
Gracias por tus consejos, Elia.
Si necesitas algo, silba!
:p

ELIA _ 16:28
Jajaja.
OK.
¡Un beso desde la orilla!

SUE _ 23:33
¿Me has llamado?
Lo siento, tía, estaba en el cine.
SUE _ 23:34
¿Pasa algo?

ELIA _ 23:34
Estoy a punto de sufrir un infarto...

SUE _ 23:34
¿¡Cómo!?
¿Por qué?

ELIA _ 23:34
He recordado, Sue.
De golpe. Muchas cosas.
Más de las que soy capaz de asimilar ahora mismo.

SUE _ 23:35
¿Me lo estás diciendo en serio?
¿Cómo lo has conseguido?

ELIA _ 23:35
Con una infusión. Té chai.
Fue lo que tomé cuando estuve en el Newton.
Ahora lo sé...
Mi madre lo ha pedido esta tarde en una cafetería,
y cuando lo he probado...
ha sido como en las películas.
Igual de inmediato.

ELIA _ 23:36
"No te puedo devolver la canción,
pero puedo mostrarte cómo danzan los peces".
Ya sé quién me dijo eso.

ELIA _ 23:37
Marcos.

SUE _ 23:37
¿Marcos?
No me suena de nada ese nombre...

ELIA _ 23:37
Pues yo no entiendo por qué mi memoria
le ha borrado a él precisamente.

SUE _ 23:37
¿Pero de qué le conoces?
¿Quién es?

ELIA _ 23:38
Trabajaba en el guardarropa del concierto.
Sé que fuimos a tomarnos algo después
y que quedamos un par de veces más.
Estoy recordando todo ahora...

SUE _ 23:38
Ok, Marcos...
¿Y por qué no me has hablado nunca de él?

ELIA _ 23:38
Pensaba hacerlo, Sue,
pero con todo lo de tu abuela
no quería molestarte.
Después ocurrió el accidente
y, ya ves, le olvidé.

SUE _ 23:39
Y... ¿te molaba o erais solo amigos?

ELIA _ 23:39
Creo que me molaba.
Por eso no entiendo cómo he podido olvidarle.
Las veces que nos vimos fueron increíbles.
Era como si se hubiera parado el tiempo.
Me sentía tan a gusto con él, Sue...
Hablamos de tantos temas con tal confianza...
que parecía que nos conocíamos de siempre.

SUE _ 23:39
Pero ¿cómo es?
¿A qué se dedica?
Tienes que contármelo todo, Eli.
Así que arranca YA, YA, YA...

ELIA _ 23:40
Estoy tan nerviosa
que no sé ni por dónde empezar.
A ver, Marcos es un año mayor que nosotras.
En septiembre va a estudiar Biología.

ELIA _ 23:41
Lo del guardarropa lo hace
para sacarse unas pelas.
Cuando el segurata no me dejó entrar
de nuevo al concierto, se acercó a mí
y me dijo lo de los peces.

SUE _ 23:41
Aspecto, altura, color de ojos, peinado, ropa, tipo de sonrisa...
Quiero saberlo todo sobre él.
T-O-D-O.

ELIA _ 23:42
Pues... a ver, déjame pensar...
Era un poco más alto que yo.
Ojos marrón oscuro, piel clara,
con algunas pecas desperdigadas por la nariz.
Pelo castaño, algo ondulado y un pelín largo.

ELIA _ 23:43
No sé por qué, pero me recordaba a Errol Flynn
en la peli de Robin Hood de los años treinta.
Salvo por el pendiente de botón en la oreja izquierda
y el tatuaje de un código de barras en la muñeca.

SUE _ 23:43
Mmm...
:D
¿Y la sonrisa?

ELIA _ 23:44
Sincera, amable y bonita.
Y cuando se reía de verdad,
sus carcajadas se oían en la otra punta del bar.
El sonido más pegadizo que he escuchado nunca, en serio.

SUE _ 23:44
Ooooh...

ELIA _ 23:45
Ahora que lo pienso... me dijo que nadie se merecía
que le cerraran la puerta en las narices
cuando estaba sonando su canción favorita.
Le pregunté si él también era fan de Regina,
y me contestó que no,
pero que el amigo al que estaba cubriendo, sí.
A él le tocaba trabajar al finde siguiente,
pero le había cambiado el día a su compañero
para que pudiera asistir al concierto.

SUE _ 23:45
Qué majo. :D

ELIA _ 23:46
Sí. Y nada, la gente empezó a salir
y yo me acerqué a él para despedirme,
pero en lugar de eso
me quedé allí de cháchara
mientras él iba y venía a por los abrigos.
Cuando todo se despejó,
nos fuimos a tomar algo.

SUE _ 23:46
Buaaaaah... ¡Soy fan!

ELIA _ 23:46
Lo malo es que después
tuvimos que pillar buses diferentes.
Me suena que vivía
por la otra punta de la ciudad...

SUE _ 23:46
¿Y ahí acabó todo?

ELIA _ 23:47
Le vi dos veces más.
Al día siguiente,
me llevó al Newton.
Me contó que le encantaba aquel lugar.

SUE _ 23:47
Qué fuerte.
¡¡¡QUÉ FUERTE!!!

ELIA _ 23:47
Hablamos de todo, Sue.
De las pelis que más me gustan,
de sus novelas preferidas...
¿Sabes que redacta fichas de cada libro que lee?
Con citas, comentarios,
fecha de lectura, opinión...

SUE _ 23:47
¡Como tu archivo de pelis!

ELIA _ 23:48

Sí, tía, igual.

¡Dime que no es casualidad!

En una tarde me hizo una lista de recomendaciones
como para tenerme ocupada
de aquí a que termine la carrera.

Y encima también le gusta el cine.

SUE _ 23:48

Jejeje.

Vale, ya me hago una idea.

Y, por curiosidad,

¿hicisteis algo más que hablar sobre frikadas?

Dime que sí, porfaaaaa.

ELIA _ 23:48

El segundo día que quedamos,
me lancé yo.

O a lo mejor fue él.

No estoy segura... Jajaja.

Lo único que sé
es que de pronto nos estábamos besando
y que fue tan alucinante
como para adaptarlo a la gran pantalla.

SUE _ 23:49

Qué fuerteeeee, Eli...

Me alegro un montón por ti, en serio.

¿Y no has vuelto a saber nada de él?

¿No intercambiasteis los móviles?

ELIA _ 23:49

Sí, claro.

Ha sido lo primero que he hecho
en cuanto le he recordado:
buscarle en la agenda y llamarle.

Pero su número sale como dado de baja.

SUE _ 23:49

¿Y él no ha intentado ponerse en contacto contigo?

Qué extraño...

ELIA _ 23:49
Yo tampoco lo entiendo.
Tengo la impresión
de que aún me faltan cosas por recordar...

SUE _ 23:50
Eli... ¿Y si en realidad sí que lo ha hecho?

ELIA _ 23:50
¿El qué?

SUE _ 23:50
Ponerse en contacto contigo.

ELIA _ 23:50
¿Cómo?
Aunque he cambiado de teléfono,
mi número sigue siendo el mismo.
Me habría enterado...

SUE _ 23:50
No si te hubiera escrito con otro nombre...

ELIA _ 23:50
¿De qué hablas?

ELIA _ 23:51
¿Phoenix?

ELIA _ 23:52
Imposible, Sue.
IMPOSIBLE.
No te imaginas
lo diferentes que son, de verdad.
Phoenix es todo un enigma,
siempre triste y taciturno.
Marcos era todo lo contrario:
alegre, inquieto...

SUE _ 23:52
Tú misma me has dicho
que Phoenix te conoce mejor que nadie,
y que Marcos llevaba un registro de citas...
¿Y si las ha usado para escribirte como Phoenix?

ELIA _ 23:52
En serio, tía, no puede ser.
Marcos nunca se ocultaría de esa manera.
No de mí.
Aunque no le conociera tanto, sé que no lo haría.
Además, si se hubiera enterado de lo que me pasó...

SUE _ 23:53
¿Eli?

SUE _ 23:54
¿Qué pasa? ¿Qué ibas a decir?

ELIA _ 23:55
Marcos iba conmigo en el coche
cuando tuve el accidente.
Lo acabo de recordar.
Dios, Sue.
MARCOS IBA EN EL COCHE.

SUE _ 23:55
¡¿Qué?!

ELIA _ 23:55
Yo no cogí ningún taxi,
como me dijeron mis padres.
Marcos era quien conducía.
Marcos también estaba allí.

ELIA _ 23:56
Estoy hiperventilando, Sue.
¿Y si le pasó algo?

SUE _ 23:56
¿Pero por qué iban a mentirte tus padres?

ELIA _ 23:56
Yo qué sé...
No puedo ni pensar ahora mismo.
¿¿¿Qué hago???

SUE _ 23:56
Lo primero: CÁLMATE.
Respira, ¿vale?

ELIA _ 23:57
A lo mejor por eso Phoenix decía que no podía verme.
Puuuf, Sue...
Me estoy empezando a marear.

SUE _ 23:57
Eli, TRANQUILA.
Cierra los ojos y respira.
Vete a hablar con tus padres.
Que te cuenten la verdad.
Y desconéctate.
De aquí y de todas partes durante unos días.

ELIA _ 23:57
Sí, creo que haré eso...

SUE _ 23:58
Necesitas olvidarte de los demás y pensar.
Ya sabes que estoy aquí para lo que necesites,
pero tienes que calmarte...

ELIA _ 23:58
Si no hubieras estado hablando conmigo,
no sé qué habría pasado...
Gracias por todo, nena.

SUE _ 23:58
Siempre estaré contigo, y lo sabes.

SUE _ 23:59
Pero entonces... ¿Phoenix podría ser Marcos?

BALANCE DEL SÁBADO
Pulsaciones: 5508
Amigos: 2
Tiempo de conexión: 33 minutos

Buda dice...

«Aquí y ahora».

ELIA _ 00:01

Sí.

[Elia se ha desconectado]

BALANCE DEL DOMINGO
Pulsaciones: 48
Amigos: 1
Tiempo de conexión: 1 minuto

Buda dice...
«*Avanzando estos tres pasos,
llegarás más cerca de los dioses.
Primero: habla con verdad.
Segundo: no te dejes dominar por la cólera.
Tercero: da, aunque tengas muy poco que dar*».

[Elia ha desbloqueado a Phoenix]

ELIA _ 02:07
Hola, Phoenix.

PHOENIX _ 02:08
¡Elia!
Pensé que no volverías a escribirme...

ELIA _ 02:08
Yo también.

PHOENIX _ 02:08
¿Y qué te ha hecho cambiar de opinión?

ELIA _ 02:09
Un fogonazo deslumbrante,
podría decirse.

PHOENIX _ 02:09
¿Cómo estás?
¿No puedes dormir?

ELIA _ 02:10
No... Ahora estoy un poco más cerca de las estrellas.
Desde la terraza de este hotel
se ven muchos astros que ya no existen.

PHOENIX _ 02:10
Al menos nos queda su luz
como registro de su historia...
¿No estás en casa, entonces?

ELIA _ 02:11
No, en la playa.
De retiro...

ELIA _ 02:12
Y he empezado a recordar, Phoenix.
Los días anteriores al accidente.

PHOENIX _ 02:12
Eso es genial, Elia.
¿Y cómo ha sido?

ELIA _ 02:12
Gracias al sabor de una infusión.
Té Chai.
En cuanto lo he probado,
me han venido todos los recuerdos de golpe.
O, mejor dicho, el recuerdo de un chico.

ELIA _ 02:13
Cuando se lo he contado a Sue,
ella me ha sugerido una posibilidad
a la que llevo dando vueltas durante horas
sin apartar los ojos de las estrellas...

PHOENIX _ 02:13
¿Quieres compartirla conmigo?

ELIA _ 02:13
Sí. Pero sobre todo quiero hablarte de él.
Del chico que estaba conmigo
cuando tuve el accidente.
Marcos.

ELIA _ 02:14
Mis padres me mintieron, Phoenix.
Yo no cogí ningún taxi.
Iba en el coche con él.
Ahora lo sé.

ELIA _ 02:15
Seguro que has oído hablar del Aquasort, ¿verdad?
Dicen que es un sitio impresionante,
rodeado por las paredes
de un inmenso acuario...
La noche que conocí a Marcos,
me dijo que me llevaría a aquel lugar,
donde danzan los peces,
para que pudiéramos cenar
en lo más profundo del océano.

ELIA _ 02:16
Resulta imposible conseguir mesa
sin reservar con semanas de antelación,
pero su tío trabajaba allí de maître
e intentaría colarnos.

ELIA _ 02:17
Sin embargo... nunca llegamos.
Por el camino se puso a llover.
Yo iba un poco nerviosa
porque la carretera estaba fatal.
Aun así, Marcos consiguió que confiara en él...
¿Sabes qué me dijo, Phoenix?

PHOENIX _ 02:17
¿El qué?

ELIA _ 02:17
Me dijo:
"No te preocupes por la tormenta,
que bajo el agua no llueve".
Era todo un poeta, Marcos...

ELIA _ 02:18
Justo en ese momento,
un coche se nos echó encima.
El fogonazo de luz es lo último que recuerdo
hasta que me desperté en el hospital.
Mis padres dicen que me contaron lo del taxista
para no hacerme daño...

ELIA _ 02:19
Ahora mismo estoy tan dolida
que no sé ni qué responderles.
Así que me he encerrado aquí en la terraza
y te he escrito.

PHOENIX _ 02:19
Pensarían que era lo mejor para ti...

ELIA _ 02:19
Eso no cambia su mentira.

PHOENIX _ 02:20
Y de Marcos, ¿qué sabes?

ELIA _ 02:21
Nada.
He estado llamándole
desde que he recordado todo,
pero su móvil está dado de baja
y no sé cómo localizarle.
Tampoco entiendo por qué él no ha intentado
ponerse en contacto conmigo.
La única posibilidad que se me ocurre
es demasiado horrible
y ni siquiera tengo fuerzas para planteármela.

PHOENIX _ 02:21
Ya veo...

ELIA _ 02:22
Nunca te he hablado de la primera sesión individual
que tuve con el psicólogo, ¿verdad?
La de los dos recuerdos...

PHOENIX _ 02:22
No, no lo has hecho.

ELIA _ 02:22
El ejercicio consistía en explicar
cuál era mi recuerdo más feliz
y cuál era el más aterrador.
Xavier decía que así ejercitaría la memoria.
En ese momento, no pude hacerlo...

ELIA _ 02:23
Ahora, en cambio,
tengo muy claro qué recuerdos elegiría.
¿Quieres que te los cuente?

PHOENIX _ 02:23
Claro, si te apetece.

ELIA _ 02:23
Mi recuerdo más feliz
es del concierto de Regina Spektor
al que fui unos días antes del accidente.

ELIA _ 02:24
He ido a otros conciertos en mi vida,
pero el suyo fue tan especial
y tan diferente a los demás...
Primero, por ella, porque nunca
me había emocionado tanto escuchando a alguien.
Segundo, porque fue el primer concierto al que fui yo sola.
Ninguno de mis amigos podía acompañarme
y tenía demasiadas ganas de ver a Regina en directo
como para perdérmelo.

ELIA _ 02:25
¿Alguna vez has estado solo en un concierto, Phoenix?
Sin nadie con quien tengas que hablar entre canción y canción,
sin nadie que te distraiga...
La sensación de que el artista
canta solo para ti es apabullante....

ELIA _ 02:26
Y tercero...
Porque fue allí donde conocí a Marcos.

ELIA _ 02:27
Supongo que la nuestra empezó
como una historia de amor cualquiera,
pero para mí fue especial.

PHOENIX _ 02:27
Ninguna historia es como otra cualquiera, Elia.
Y menos si es de amor.

ELIA _ 02:27

Mi recuerdo más aterrador
fue cuando desperté del coma.
Créeme, no es como en las películas
(y yo he visto unas cuantas).
No hubo música de fondo,
ni luz entrando a raudales por las ventanas,
ni rostros conocidos llorando de alegría,
ni abrazos, ni besos...
Al menos, no en un primer momento.

ELIA _ 02:28

Me desperté de madrugada.
No recuerdo nada de lo que estaba soñando,
ni si visité el cielo o el infierno.
Simplemente, de pronto volví a ser consciente de mi cuerpo,
de las sábanas arrugadas bajo mi espalda,
de mi cabeza apoyada en una almohada demasiado dura.
Y entonces abrí los ojos
y solo vi oscuridad.
Pensé que todavía estaba dormida
y que nunca saldría de aquel sueño dentro de otro,
dentro de otro y dentro de otro...

ELIA _ 02:29

Creo que empecé a gritar,
aunque tal vez solo murmuré algo
que a mí me sonó a todo volumen.
De alguna forma que no logro entender,
mi voz pareció activar el mundo,
como si alguien hubiera apretado un interruptor.

ELIA _ 02:30

Después... la luz de la habitación me deslumbró,
y volví a caer dormida.
Cuando desperté de nuevo,
mis padres estaban allí,
y entonces supe que había vuelto de verdad
y que no estaba soñando.

ELIA _ 02:31

No me preguntes por qué, pero lo supe.
Quizá fue la manera en la que me acariciaban la cara
o sus miradas agotadas, felices y... reales.
O tal vez solo fue el aroma que sentí
y el hecho de que,
por primera vez en muchísimo tiempo,
lo relacioné con mi madre.

PHOENIX _ 02:31

Parece que tu recuerdo más aterrador
también es uno de los más felices.

ELIA _ 02:32

Sí, pero también fui muy feliz
todas las veces que quedé con Marcos
Creo que era su ilusión por aprender
lo que más me fascinaba de él.
Era como si nunca tuviera suficiente.
Como si el mundo fuera a terminarse
y él quisiera saberlo todo,
descubrirlo todo...

ELIA _ 02:33

Incluso a mí...

ELIA _ 02:34

Me daban ganas
de ser un poco mejor cada día...
Por él, para él...
Y por eso no comprendo
qué ha podido pasar.

PHOENIX _ 02:34

¿A qué te refieres?

ELIA _ 02:34

A que no entiendo por qué
se ha olvidado de mí así sin más.
Tal vez tú podrías ayudarme...

PHOENIX _ 02:35

¿Yo?

ELIA _ 02:35
Sí, tú.
Yo no te recordaba a causa del accidente,
pero ¿cuál es tu excusa
para haber desaparecido de mi vida, Marcos?

ELIA _ 02:40
DI ALGO.
Lo que sea.
Por favor...

ELIA _ 02:41
Marcos, sé que eres tú.
No puedes negarlo.

ELIA _ 02:45
Dime al menos cómo estás...

PHOENIX _ 02:46
La cuestión no es cómo, sino dónde....

ELIA _ 02:46
No te entiendo...

PHOENIX _ 02:47
¿Serías capaz de amar a alguien que ha muerto?

[Phoenix se ha desconectado]

SUE _ 08:41
¡Heeey!
Por fin te has conectado, desaparecida.
¿Qué tal estás?
¿Cómo te has levantado?

ELIA _ 08:45
Para levantarse, una tiene que acostarse...
Y yo me he pasado la noche en vela. ☹
Hablé con Phoenix.
Y le dije que sabía que era Marcos.

SUE _ 08:45
Entonces... ¿ya es seguro?

ELIA _ 08:47
Creo que sí.
Él no me lo ha confirmado,
pero sé que tengo razón.
Que tú tenías razón.

SUE _ 08:47
Yo tampoco estaba segura, ¿eh?
(Y sigo sin estarlo).
Solo era una suposición,
y si estuviera en tu lugar,
yo también habría tenido mis dudas.

ELIA _ 08:49
Es que es tan... surrealista.
Sus voces suenan tan distintas
en mi cabeza...

ELIA _ 08:50
Cuando hablaba con Marcos,
era como si su mente nunca estuviera quieta.
Saltaba de un tema a otro
y de un título a otro sin descanso.
Y aun así, conseguía que yo no me perdiera.

ELIA _ 08:51
Phoenix, sin embargo,
parece que solo piensa en una cosa: en mí.
En que esté bien, en que sea feliz,
en que le cuente cómo me siento.
Marcos también estaba pendiente de mí,
pero no con esa gravedad...
Por eso no me di cuenta al principio.

ELIA _ 08:52
Pero él sigue sin reconocerlo, tía.
¿Qué le pasa?
¿Por qué hace eso?
No te imaginas lo que me dijo, Sue...

SUE _ 08:52
Espera, Eli.
Mejor te llamo
y así me lo cuentas todo bien.

ELIA _ 08:52
Ok...

SUE _ 09:32
En serio, Eli, échate un rato.
Por ahora no creo que te sirva de mucho
seguir dándole vueltas...

ELIA _ 09:33
Ya... Pero mi cerebro va a mil por hora
sin que yo se lo pida... ☹

SUE _ 09:33
Intenta dormir un poco, anda.
Tienes que estar molida...

ELIA _ 09:33
Sí, eso voy a hacer.
A lo mejor con la luz entrando por la ventana
me da menos miedo conciliar el sueño.
Hablamos después, ¿ok?
¡Pásatelo bien con Tommy! ☺

SUE _ 09:34
Dalo por hecho, jejeje.
Tú descansaaaaaaaaaaaa.
¡Muak!

ELIA _ 09:34
Un beso, Sue.

SUE _ 16:05
¿Estás despierta?
¿Cómo te sientes?

ELIA _ 16:06
Algo mejor.
¿Y vosotros, qué tal?
¿Ya habéis vuelto del picnic?

SUE _ 16:06
¡Sí! :D
Nos ha hecho un día estupendo.
Mañana voy a tener agujetas de tanto reír.
Tommy es genial.

ELIA _ 16:06
Es genial, sí.
Y creo que hacéis muy buena pareja.

SUE _ 16:06
¿En serio lo piensas?

ELIA _ 16:07
Sí. ☺
Y estoy segura de que él también...

SUE _ 16:07
Bueno, no cambies de tema.
Ahora lo importante eres tú.
¿Alguna novedad? ¿Seguro que estás bien?

ELIA _ 16:07
Creo que sí.
Me vino muy bien charlar contigo esta mañana. ☺
Gracias por aguantarme...

SUE _ 16:08
Que llegaras a creer que era un muerto
el que te estaba escribiendo me dejó preocupada...
¿Has hablado ya con tus padres?

ELIA _ 16:09
Sí...
Me han vuelto a pedir perdón.
Dicen que solo querían protegerme del shock,
para que no empeorara.
No sé, nena, estoy como anestesiada
y no sé qué pensar...

SUE _ 16:10

Ya sabes que estoy SIEMPRE de tu parte,
pero yo también creo que lo hicieron por tu bien.
Aunque no fuera la mejor forma...
Es lógico que esperaran a que te recuperaras del todo
para contarte la verdad.

ELIA _ 16:10

Ya, si eso es lo de menos ahora mismo.
El problema es que ellos tampoco saben dónde está Marcos.

ELIA _ 16:11

Saben que ingresó conmigo en el hospital,
pero después se lo llevaron de ahí
porque su situación era mucho más complicada que la mía.
Mi madre ha estado preguntando,
pero no le dan demasiada información...

ELIA _ 16:12

Sue... ¿Y si Marcos murió en el accidente
y ahora contacta conmigo desde el Otro Lado?

SUE _ 16:12

¡Déjate de chorradas!
Eso solo sucede en las novelas.
Si Marcos hubiera fallecido, os habríais enterado.
Como dice el refrán:
si no hay noticias, son buenas noticias.

SUE _ 16:13

Además, ¿desde cuándo los espíritus
tienen tarifa plana y conexión a Internet?
Tiene que estar bien, seguro...

ELIA _ 16:13

Eso intento pensar, pero entonces...
¿¿¿por qué no quiere verme???

SUE _ 16:13

Quizá lo que no quiere es que tú le veas a él.

SUE _ 16:14

Tendrás que averiguar qué le pasó.

ELIA _ 16:14
¿CÓMO?
Su antiguo número no me sirve,
y siempre que le llamo al nuevo,
no me coge el teléfono.
No sé dónde vive ni dónde está ahora mismo...
¡Ni siquiera sé cómo se apellida!
¿Cómo voy a encontrarle?

SUE _ 16:14
Deja que Sherlock Sue
le dé una vuelta a este misterio.
Tarde o temprano cometerá un error...

ELIA _ 16:15
A veces me preocupa la cantidad
de libros que lees, Sue.
Pero otras...
otras me parece lo más útil
y maravilloso del mundo.

ELIA _ 16:16
En fin... Tengo que dejarte.
Nos vamos al aeropuerto en un rato
y todavía no he hecho la maleta...

SUE _ 16:16
Ok, yo voy a ver si las cartas
pueden echarnos una mano. :D
Tú desconecta y deja de preocuparte.
¡Muak!

ELIA _ 16:16
¡Un beso!

TOMMY _ 18:05
Good afternoon, Elia!
Llegas a las 19:30, right?
Puedes quedar un rato hoy?

ELIA _ 18:06
¡Claro!
Me vendrá muy bien despejarme.
Tengo cero ganas de pasar
más tiempo en familia.

TOMMY _ 18:06
I know.
Sue me ha contado...
Es por Phoenix, right?

ELIA _ 18:06
Sí, es por él.
Pero da igual,
no es justo que me desahogue contigo también.
Perdona.

TOMMY _ 18:07
Nada que perdonar!
Para eso están los amigos.
Además, esta tarde quiero pedirte más consejos
sobre mi asunto...

ELIA _ 18:07
¿Ah, sí?

TOMMY _ 18:08
Al final me dejé llevar,
como tú aconsejaste.
Espero estar haciendo lo correcto.

ELIA _ 18:08
Seguro que sí.
Y si no, pues aprenderás algo nuevo
para la próxima vez.

TOMMY _ 18:08
LOL!
Eso seguro!

TOMMY _ 18:09
Ok, háblame de él.
De Phoenix.
Sue me contó algo, pero me cuesta entenderlo.

A mí también, no te creas...
Siento que, sea quien sea,
me conoce mejor que nadie.
Solo le he visto tres veces,
pero sé que... me entiende.
Sin segundas interpretaciones,
ni juicios de valor, ni nada.
Comprende incluso lo que no digo...
Y siempre me escucha,
hasta en los silencios.
Si es que eso tiene algún sentido...

ELIA _ 18:10
Y si al final se confirman mis sospechas
y Phoenix es Marcos en realidad...
¿Sue te ha hablado de él?

TOMMY _ 18:10
Yes.

ELIA _ 18:10
Pues eso...
Si al final resulta que son la misma persona,
creo que seré la chica más feliz
y la más desdichada del mundo.

TOMMY _ 18:11
Vaya lío de emociones...

ELIA _ 18:11
Sí, lo sé.
Pero es que nada me alegraría más
que saber que Marcos está vivo y que está bien.
Y al mismo tiempo,
me dolería mucho que hubiera decidido esconderse
detrás de la máscara de Phoenix.

TOMMY _ 18:12
Y si no es una máscara?
A lo mejor él cambió tanto
que ya no siente que es Marcos...

ELIA _ 18:12
Eso dice él.
Pero es difícil confiar así, ¿no crees?

TOMMY _ 18:12
Qué dice tu corazón, Elia?

ELIA _ 18:12
Mi corazón está demasiado loco
como para tenerlo en cuenta ahora mismo.

TOMMY _ 18:13
Venga, déjalo hablar.
Qué dice?

ELIA _ 18:13
Que crea en Phoenix.
Y que confíe en él.
Que seguro que existe una razón para que actúe así.

TOMMY _ 18:14
Entonces escúchalo.
Y déjate llevar!
Just like me!

ELIA _ 18:14
¿Y si me equivoco?

TOMMY _ 18:14
Siempre aprenderás algo nuevo
para la próxima vez, right?
:p
Pero ten paciencia.

ELIA _ 18:15
Puuuf.
¡Qué remedio!
Sé que tienes razón,
pero me resulta cada vez más difícil...

ELIA _ 18:16
Tommy, vamos a embarcar ya.
Gracias por tus consejos. ☺
Hoy más que nunca me alegro
de que decidieras venir a conocer gente real.

TOMMY _ 18:16
Y yo de estar aquí.
Un beso, señorita.
See you later!

BALANCE DEL LUNES
Pulsaciones: 9081
Amigos: 3
Tiempo de conexión: 1 hora 15 minutos

Buda dice...
*«Cuando enciendes un fanal
para alguien,
al mismo tiempo
iluminas tu propio camino».*

ELIA _ 17:06
Hola, Marion. ☺

MARION _ 17:07
¡Elia! ¿Qué tal estás?
Te echaba de menos...

ELIA _ 17:07
Yo a ti también.
Siento mucho lo del otro día...
Haberme puesto así contigo sin motivo, y eso.
Sé que solo estabas siendo sincera.

MARION _ 17:07
Todo olvidado, compi.
Me dijo Sue que estabas en la playa.
¿Ya has vuelto?

ELIA _ 17:07
Sí. Ya estoy por aquí otra vez.
¿Tú qué tal?
¿Qué haces?

MARION _ 17:08
Escribo una especie de memorias.
Me lo ha recomendado Xavier.
Cree que así me resultará más fácil superar el trauma.
Aunque yo le he preguntado:
"¿Qué trauma?
¡Si estoy estupenda!".

ELIA _ 17:08
¡Bien dicho!
Jajaja.

MARION _ 17:08
Bah, para qué engañarme.
Preferiría no tener que pensar más en ello...

MARION _ 17:09
¿Sabes?
Ayer vinieron a verme unos amigos de clase
y sucedió algo mágico.
¿Te acuerdas de Álex?

ELIA _ 17:09
¡Claro!
¿Estaba ayer?

MARION _ 17:10
Sí.
Y fue el único que me trató como antes.
El resto me miraba con algo de pena,
como si no pudiera volver a ser feliz nunca más.

ELIA _ 17:10
Qué capullos...

MARION _ 17:10
Nah, es comprensible.
La mayoría no me conocía realmente.

MARION _ 17:11
Lo que me gustó de Álex
fue que hizo exactamente lo mismo que en el insti:
entretenerse un poco más que los demás.
Esta vez no podía acompañarme a ningún sitio,
pero se quedó el último para estar a solas conmigo.
Y fue el único que se despidió con dos besos.

ELIA _ 17:11
¿Y cuándo volverás a verle?

MARION _ 17:12
Me ha preguntado si puede venir hoy
para enseñarme el disco de un artista nuevo
que ha descubierto hace poco.

ELIA _ 17:12
¡¡¡Aquí hay tema!!!

MARION _ 17:12
Jijijiji, ¡no lo gafes!
Y ya basta de hablar de mí.
¿Hay novedades respecto al chico misterioso?

ELIA _ 17:13
Muchas...
Pero prefiero contártelas en persona.
¿Nos tomamos un café mañana?

MARION _ 17:13
Claro, guapa.
Tengo terapia en el hospi hasta las 18:00.
¿Quedamos en recepción sobre esa hora
y ya luego decidimos adónde vamos?

ELIA _ 17:13
Perfecto, allí estaré.
Mucha suerte con Álex.
Cruzo los dedos, jajaja.
¡Un beso!

PHOENIX _ 23:15
Todavía no me has contestado...
¿Serías capaz de amar a alguien que ha muerto?

ELIA _ 23:19
Ya lo he hecho.
Me he pasado la vida
enamorada de Gary Cooper...

PHOENIX _ 23:19
Sabes que no quiero decir eso.
Me refiero a alguien que no está...
pero que estuvo.

ELIA _ 23:22
No te entiendo, Phoenix.
Y me gustaría hacerlo, de verdad.
Pero tienes que ayudarme...
¿Qué es lo que quieres saber en realidad?

PHOENIX _ 23:22
Si podrías llegar a querer a alguien
que necesita reflejarse en los demás
para recordar que tiene luz propia.

ELIA _ 23:26
En una de nuestras primeras conversaciones
te pedí que respondieras
con sinceridad a tres preguntas.
La última era si me conocías.

PHOENIX _ 23:26
Y respondí que no exactamente.
Es la verdad.

ELIA _ 23:26
¡Joder, Phoenix! Déjate de juegos.

PHOENIX _ 23:27
Pero Elia, es que ESA es la cuestión.
Ya no soy quien era. Fuera quien fuese.
No queda nada del chico que crees que soy...

ELIA _ 23:28
Tu nick hace referencia al ave fénix,
la criatura de fuego que renacía de sus cenizas, ¿no?
¿Eso es lo que quieres?

PHOENIX _ 23:28
Esa es mi esperanza, sí.
Pero quizá tarde años en suceder.
O quizá no ocurra nunca.

ELIA _ 23:28
O quizá ya esté empezando a pasar...

ELIA _ 23:29
Yo puedo ayudarte, si me dejas.
Pero necesito confiar en ti. Y que tú confíes en mí.

PHOENIX _ 23:31
Nadie puede ayudarme, Elia.

ELIA _ 23:32
"Abandonamos nuestros sueños por miedo a fracasar
o, lo que es peor, por miedo a triunfar".
Lo decía Sean Connery
en "Descubriendo a Forrester".

PHOENIX _ 23:33
Mi problema es que ya no tengo nada que ganar.
Y perder... ya he perdido demasiado.
No podría soportar que tú también desaparecieras.

ELIA _ 23:33
Está en tus manos que eso no suceda, Phoenix.
Contéstame a una última pregunta.
Por favor. Una nada más.

PHOENIX _ 23:37
De acuerdo.

ELIA _ 23:37
Alguna vez, en el pasado, en otro tiempo...
¿te miré a los ojos y te llamé Marcos?

PHOENIX _ 23:42
Sí, lo hiciste.

[Phoenix se ha desconectado]

BALANCE DEL MARTES
Pulsaciones: 1368
Amigos: 2

Tiempo de conexión: 30 minutos

Buda dice...
«Nada es para siempre
excepto el cambio».

SUE _ 13:48
¡Heeeeey, tú!

ELIA _ 13:48
¡Hola, Sue!
¿Tu madre ya te ha devuelto el móvil?

SUE _ 13:49
Sí... Menos mal que le han dado uno nuevo hoy mismo,
porque si tengo que pasarme otro día más
desconectada del mundo...
¡me da algo!

ELIA _ 13:49
Qué exagerada eres...
Jajaja.
¡Si ayer estuvimos toda la mañana juntas!

SUE _ 13:50
Ya, pues a eso iba.
¡No me dijiste que Tommy
quedó contigo antes de ayer!

ELIA _ 13:50
¿Ah, no?
Creí que lo sabías...

SUE _ 13:50
Me lo acaba de contar él ahora.
¿Qué me ocultáis vosotros dos, malditos?

ELIA _ 13:51
Yo, nada.

SUE _ 13:51
¿Y él?

ELIA _ 13:51
Él... no sé.
Son cosa suyas.

SUE _ 13:51
¡¡¡ELIA!!!
¿Por qué no me avisasteis a mí también?
¿Qué pasa aquí, que no me entero?

ELIA _ 13:52
Sue, ¡para el carro!
Jajaja.
No te dije nada
porque Tommy quería pedirme consejo
sobre un tema.
Por eso quedamos los dos solos.

SUE _ 13:52
¿Un tema?
Mmm...
¿Qué tema?

ELIA _ 13:52
Top secret!

SUE _ 13:53
Elia, jooooooooo,
déjate de secretitos,
que me planto ahora mismo en tu casa
¡y te interrogo a base de collejas!

ELIA _ 13:53
¡Es que no es mi secreto!
Y da igual cómo me tortures,
porque he prometido guardar silencio
y no habrá forma de que me hagas hablar.

ELIA _ 13:54
Tengo que dejarte...
Nos vemos esta noche.
Directamente en el restaurante, ¿no?

SUE _ 13:54
Sí. Pero esto no ha terminado aquí,
mi querida Elia.
¡Te aviso! :D

ELIA _ 13:54
😊
¡Un beso!

PHOENIX _ 21:02
Buenas noches, Elia.
PHOENIX _ 21:07
¿Estás ahí?

ELIA _ 21:15
Eso debería preguntártelo yo a ti.
¿No eres tú el fantasma, Marcos?

PHOENIX _ 21:15
Marcos abandonó este mundo hace tiempo.
Prefiero que sigas llamándome Phoenix.

ELIA _ 21:16
Vale, pero sigo sin entenderte...
Si hubieras muerto,
no estaríamos hablando por HBits.

PHOENIX _ 21:16
Nunca se sabe...
Las almas se comunican de muchas formas.
¿Por qué no a través de las nuevas tecnologías?

ELIA _ 21:18
Sé que no estás muerto,
así que no bromees con esto.
No puedes estarlo.
No debes.

PHOENIX _ 21:18
Me conformo con ser parte de tu vida
de esta manera.

PHOENIX _ 21:26
¿Elia?
¿Sigues ahí?

ELIA _ 21:32
Perdona.
Estoy cenando con alguien
y me ha caído una bronca
por andar con el móvil.

PHOENIX _ 21:32
¿Con quién?

ELIA _ 21:32
Con mi mejor amiga.
Y con un chico de más allá del océano, jajaja.
Aunque yo preferiría mil veces
quedar con el chico del otro lado de la pantalla...

ELIA _ 21:33
Pero creo que está prohibido.
Los fantasmas no deberían interferir
en el mundo de los vivos,
¿no?

PHOENIX _ 21:33
Es cierto, deben mantenerse al margen.
Soy un mal ejemplo, lo sé.
Aún tengo que acostumbrarme
a mi nuevo estado.
Pero, por ti, lo intentaría.

ELIA _ 21:35
¿Y por qué no sigues rompiendo las reglas
y vienes a verme, Phoenix?
Ahora mismo.
¿Te mando la dirección?

PHOENIX _ 21:35
No puedo hacer eso, Elia.
Lo siento...

ELIA _ 21:35
Ya lo suponía.

ELIA _ 21:36
¿Sabes?
Cada mañana me despierto pensando:
"Tal vez hoy sea el día.
Tal vez hoy Phoenix me diga que quiere verme".
Y cada noche me voy a la cama
un poco más triste,
pero con la misma esperanza
de que tal vez suceda al día siguiente.

PHOENIX _ 21:36
Por favor, Elia...
No me digas estas cosas.
Me mata leerlas...

ELIA _ 21:38
No se puede matar
a quien dice estar ya muerto, ¿no?

PHOENIX _ 21:40
Tengo miedo, Elia.
Sé que no puedo competir con los vivos,
pero si tú también me olvidas,
lo poco que queda de mí desaparecerá para siempre...

[Elia se ha desconectado]

BALANCE DEL MIÉRCOLES
Pulsaciones: 1505
Amigos: 2
Tiempo de conexión: 31 minutos

Buda dice...
«No creo en el destino
que cae sobre los seres humanos
independientemente de cómo actúen,
pero sí creo en un destino
que cae sobre ellos
a no ser que actúen».

ELIA _ 02:59
¡El Aquasort!
¡Lo había pasado por alto!

SUE _ 09:02
Hey, ¡buenos días!
Acabo de ver tu mensaje...
¿¿¿Qué quieres decir???

ELIA _ 10:24
Puuuf, ayer me costó horrores dormir.
De repente, algo hizo clic en mi cabeza
y me acordé del restaurante
al que Marcos quería llevarme
la noche del accidente.
El que tiene las mesas dentro de un acuario...

SUE _ 10:26
Me acuerdo, me acuerdo.
Pero ¿por qué te ha quitado el sueño?

ELIA _ 10:27
Marcos me dijo
que su tío trabajaba allí de maître.
Tengo que dar con ese hombre.
Él tiene que saber
qué le pasó a su sobrino.

SUE _ 10:27
Una idea brillante, Elia Watson.
¡Estoy orgullosa de ti! :D

ELIA _ 10:27
Me voy a acercar allí mañana.
¿Me acompañas?
El Aquasort está en las afueras
y en bus se tarda un montón...

SUE _ 10:28
Jo, no puedo, Eli...
Mi madre quiere que tengamos "tarde de chicas"
y me da cosa decirle que no...

ELIA _ 10:28
Es verdad, se me había olvidado.
¿Y crees que Tommy querrá venirse?

SUE _ 10:28
¡Fijo que sí!
Ahora le pregunto.

ELIA _ 10:28
Jajaja, gracias.
Por cierto, hacéis muy buena pareja. ☺

SUE _ 10:29
¿Ya estás otra vez con eso?
Jeje...

ELIA _ 10:29
Tú no viste cómo te miraba anoche
cuando contaste la anécdota
de tus clases de Tarot...
¡Le brillaban los ojos!

SUE _ 10:29
Estás fatal...
Tommy es solo un amigo.
Y sé que él quiere que siga siendo así...

ELIA _ 10:30
A lo mejor te equivocas esta vez, Sherlock Sue.
Además, a ti te gustaría que fuera algo más, ¿no?

SUE _ 10:30
¡No cambies de tema!
Aquí estamos hablando de TU plan,
no del mío.

ELIA _ 10:30
Uuuuuh...
Así que tienes un plan, ¿eh?
De acuerdo, de acuerdo. No insistiré.

SUE _ 10:31
¿Estás preparada para lo que puedas descubrir
en el Aquasort, Eli?

ELIA _ 10:31
Creo que sí.
Llegados a este punto,
lo único que quiero es la verdad.
Tengo miedo, no lo voy a negar,
pero necesito llegar hasta el final.

SUE _ 10:31
Y lo harás.
¡Voy a avisar a Tommy!
:D

ELIA _ 10:31
☺

TOMMY _ 10:44
Es usted la señorita
que necesita un acompañante
para ir a un acuario?

ELIA _ 10:44
¡Tommy!
Eres mi ángel de la guarda.
Creo que me estoy aprovechando
de nuestra amistad.

TOMMY _ 10:45
Imposible, sweetheart.
Para eso están los amigos.
Es increíble lo que estás haciendo por Marcos.
Si todas las chicas fueran como tú,
habría muy pocos corazones rotos.

ELIA _ 10:45
Si todos los chicos fueran como tú,
no habría NINGÚN corazón roto.

TOMMY _ 10:47
A ver si opina lo mismo
quien tú ya sabes...
LOL!
Ahora en serio, espero que todo salga bien.

ELIA _ 10:48
Yo también, Tommy.
Yo también.
Nos vemos mañana.
¡Un beso!

ELIA _ 21:30
"Si nunca te conozco, nunca tendré que perderte".
Se lo dijo Juliet a Sawyer en PERDIDOS.

PHOENIX _ 21:35
Es una hermosa frase.
¿Piensas de ese modo respecto a mí?
¿Has decidido... no conocerme?

ELIA _ 21:35
Ya es tarde para eso.

ELIA _ 21:36
Y aunque me dieran la oportunidad,
te conocería una y mil veces.
Aunque cada una de ellas
tuviera que perderte...

ELIA _ 21:37

Pero también tengo miedo, Phoenix.
Miedo a despertarme un día y descubrir
que todo es una broma, una mentira, una fantasía.
Miedo a que de verdad estés muerto
y a seguir echándote de menos para siempre,
reviviendo cada segundo que pasamos juntos,
para acabar dándome cuenta
de que estoy enamorada de una ilusión.

PHOENIX _ 21:37

Estoy aquí, Elia.
Aunque ya no sea la persona que conociste,
sigo estando contigo.

ELIA _ 21:38

¿Y eso qué quiere decir?
¿Tanto has cambiado?
¿Tanto que me niegas el derecho a amarte?

PHOENIX _ 21:38

Sí quiero que me ames, Elia,
nada me haría más feliz...
Pero no es tan fácil...
Antes tendrías que volver a conocerme.

ELIA _ 21:38

No, Marcos. NO.
Eso son excusas que te has impuesto
para no aceptarte a ti mismo.
Sea lo que sea lo que te haya sucedido,
yo te seguiré queriendo.

ELIA _ 21:39

Cambiar de nombre no te ayudará a superarlo.

ELIA _ 21:40

Me da la sensación de que
cada uno de mis recuerdos está envenenado.
Todo lo que he vivido
me hace pensar en lo que ya no está.
En ti...

ELIA _ 21:41
Joder, Marcos, DI ALGO.
Me tiemblan las manos
y estoy tecleando con tanta rabia
que me sorprende que no se haya roto el móvil aún.
Y tú... ¿tú no dices nada?

PHOENIX _ 21:42
Lo siento tanto, Elia...

ELIA _ 21:43
¿Qué es lo que sientes?
¿No decirme desde el primer momento quién eras?
¿Que estabas vivo?
Si hubieras decidido olvidarme,
no habrías regresado a mi vida.
¿Por qué tuviste que engañarme?

PHOENIX _ 21:44
No te engañé, Elia.
En mí ya no queda nada del Marcos que conociste.

ELIA _ 21:44
ESO ES MENTIRA.
Fuiste tú quien me habló por primera vez.
Tú.
Si encontraste las fuerzas
para ponerte en contacto conmigo,
¿por qué te niegas a verme?

PHOENIX _ 21:45
Elia...
Antes me has dicho que tienes miedo,
pero no te puedes imaginar
lo que siento yo cada mañana
cuando abro los ojos y descubro que sigo aquí.
Atrapado por los recuerdos,
aterrorizado por el presente
y por el futuro que me espera...

PHOENIX _ 21:46
Solo tú, Elia... Solo tú me salvas cada día.

Entonces, déjame verte.

PHOENIX _ 21:48
No puedo.
Precisamente porque te quiero,
no puedo arrastrarte a este infierno.
No me lo perdonaría nunca.

ELIA _ 21:49
Pero, Phoenix...
Marcos...
Soy YO quien quiere que me arrastres.
Necesito mirarte a los ojos.
Necesito tocarte.

PHOENIX _ 21:51
Scott Fitzgerald decía
que puedes llegar a acariciar a la gente
con palabras...

ELIA _ 21:53
Ya, y Esopo decía
que cuando se necesitan abrazos,
el socorro en las palabras no sirve de nada.
Esta vez te he ganado en tu propio juego.

ELIA _ 21:54
Te lo suplico...
No tienes por qué esconderte más.
No de mí.
Sea lo que sea lo que te pasa,
quiero ayudarte.
Y formar nuevos recuerdos a tu lado
y pasar las horas muertas
imaginando qué te diré al día siguiente.
No quiero vivir con el miedo
de que te esfumes algún día.
Quiero que me dejes quererte...

PHOENIX _ 21:56
Elia... No puedo.

ELIA _ 21:56
SÍ PUEDES.
Dime dónde estás
y cuándo puedo ir a verte.
Quiero hablar contigo
y volver a escuchar tu voz.
Quiero descubrir lugares nuevos contigo,
hacerlos nuestros
y construir allí nuestra historia...

ELIA _ 21:57
Quiero que tengamos la cena que no tuvimos.
Quiero ir al Aquasort
y comer rodeada de algas y tiburones.
Y no me voy a rendir, Marcos.
No pienso dejar de buscarte
más allá de esta pantalla.

PHOENIX _ 21:57
¿Por qué?

ELIA _ 22:00
Porque la vida no tendría ningún sentido
si dejáramos de perseguir imposibles.
Y ahora mismo
tú eres el único imposible que me importa.

[Elia se ha desconectado]

BALANCE DEL JUEVES
Pulsaciones: 3738
Amigos: 3
Tiempo de conexión: 41 minutos

Buda dice...
«Nunca mires lo que has hecho,
mira lo que está por hacer».

TOMMY _ 19:36
I'm on my way!

ELIA _ 19:36
Ok, te espero en la rotonda de abajo.

TOMMY _ 19:36
Perfect!

ELIA _ 19:37
Gracias por lo que estás haciendo, Tommy.
Significa muchísimo para mí.

TOMMY _ 19:37
No problem, Elia.
Sé que significa mucho para ti.

ELIA _ 19:37
☺

SUE _ 20:05
¿Cómo vais?
¿Ya estáis en el Aquasort?

ELIA _ 20:06
Todo bien.
Estamos a punto de llegar.
¿Tú?

SUE _ 20:07
Bien, mi madre me ha dejado
elegir película esta vez, jeje.
Debe de ser el primer mes que lo hace.

ELIA _ 20:07
¡Pasadlo bien en vuestra tarde de chicas!
Nos vemos para cenar, ¿no?

SUE _ 20:07
:D
Sí, luego me cuentas qué tal te fue...

ELIA _ 20:08
Por cierto, ya me ha dicho Tommy
que anoche os quedasteis hablando hasta bien tarde,
¿eh, pillina?

SUE _ 20:08
Jejeje, sí.
Últimamente parecemos gatos siameses.
¿Por? ¡¿Qué te ha contado?!
¡¿Qué habéis hablado de mí?!
Tú sabes algo, ¿no?

SUE _ 20:09
¡¡¡ELIAAAAA!!!

ELIA _ 20:12
Jajaja.
Te dejo, Sue.
Ya hemos llegado.
Wish me luck!

SUE _ 20:12
Ok, ok.
¡Mucha suerte!
Pero ya hablaremos tú y yo a solas...
¡Muak!

ELIA _ 22:05
Hola, mamá.
Estoy con Sue y Tommy.

MAMÁ _ 22:06
Vale, cielo.
¿Cómo ha ido?

ELIA _ 22:06
Ya sé dónde está Marcos.

MAMÁ _ 22:06
¡Cuánto me alegro, Elia!
Como nadie nos quería facilitar información,
me preocupaba que hubiera pasado lo peor...

ELIA _ 22:06
Sí, lo sé.
Me ha dicho su tío que fue cosa de Marcos.
Le pidió a sus padres que hablaran
con los médicos del hospital
para que no nos dijeran nada...

MAMÁ _ 22:06
¿Y sabes cómo está?

ELIA _ 22:07
Vivo.
Y en realidad es lo único que me importa.

MAMÁ _ 22:07
No sabes lo feliz que me hace, Elia.
Avísame cuando terminéis de cenar y te voy a buscar, ¿vale?

ELIA _ 22:07
No hace falta, en serio...

MAMÁ _ 22:07
Sí, sí. Escríbeme después.
Un beso, cielo.

ELIA _ 22:07
Ok... Gracias. ☺
Te quiero.

BALANCE DEL VIERNES
Pulsaciones: 675
Amigos: 3
Tiempo de conexión: 10 minutos

Buda dice...
*«El camino no está en el cielo,
el camino está en el corazón».*

PHOENIX _ 02:23
Hola, Elia. No puedo dormir...
¿Estás ahí?

PHOENIX _ 02:26
Bueno, parece que no.
Casi mejor.
A veces es más fácil hablar solo que con alguien.

PHOENIX _ 02:27
Aquel día, en el café Newton,
te dije que no había sido casualidad
que nos hubiéramos conocido.
Y más tarde, cuando te escribí
que ambos nos necesitamos, iba en serio.
Aunque aún no sepamos muy bien por qué...

PHOENIX _ 02:28
Me imagino que habrás oído hablar del discurso
que dio Steve Jobs en la universidad de Stanford.
Si no, búscalo en Internet,
porque todo el mundo debería escucharlo
al menos una vez.

PHOENIX _ 02:29
En él habla de «unir los puntos»
y de que hay cosas en la vida que entendemos a posteriori.
Dice algo así como que no podemos
conectar esos puntos hacia delante.
Que solo podemos hacerlo hacia atrás,
una vez que los hemos vivido y podemos comprenderlos.

PHOENIX _ 02:30

Tan solo nos queda confiar en que,
tarde o temprano, esos puntos terminarán uniéndose,
ya sea con ayuda de nuestro instinto, del karma, del destino
o de como lo queramos llamar...
Tú compartiste conmigo tus recuerdos más íntimos.
Creo que lo justo es que yo también lo haga.

PHOENIX _ 02:31

No soy el mismo desde el accidente,
y es evidente que ahora
mi recuerdo más aterrador es precisamente ese.
Pero siempre he tenido pánico a los hospitales.
Desde el día en que comprendí qué significaba morir.

PHOENIX _ 02:32

Cuando tenía ocho años, me operaron de la garganta.
Antes de entrar en quirófano,
me pasé varios días convencido de que me moría,
que me moría y que me moría.
Yo era un niño insoportable y bastante mimado.
Mi madre se enfadaba conmigo por decir esas cosas,
pero a mí me encantaba hacerme la víctima,
incluso cuando estaba bien.

PHOENIX _ 02:33

Pero el día de la operación...
justo cuando iban a ponerme la anestesia,
entendí que de verdad me podía morir.
Ese día supe que si algo sucedía,
no volvería a despertar.
Recuerdo que me puse a llorar
y a gritar a todo pulmón
que no me quería morir
y que por favor me salvasen.
Nunca había pasado tanto miedo como entonces.
Sé que te sonará ridículo después de...
Bueno, eso ahora da igual.

PHOENIX _ 02:34
Y mi recuerdo más alegre...

PHOENIX _ 02:35
El más alegre fue cuando me escribiste por primera vez
sin que yo te hubiera escrito antes...

ELIA _ 08:58
¿Phoenix?
Lo siento, estaba en el quinto sueño
y no me había dado cuenta del móvil...
Supongo que ahora eres tú el que está durmiendo.

ELIA _ 08:59
Para cuando te despiertes,
solo quería decirte una cosa:
gracias. ☺
Un beso...

PHOENIX _ 10:02
«Soñamos con un nuevo día
cuando el nuevo día no llega.
Soñamos con una batalla
cuando ya estamos luchando».
Buenos días, Elia.

ELIA _ 10:03
"El club de los poetas muertos".
Me encanta...

PHOENIX _ 10:03
Ya lo sabía yo...
El mensaje era para asegurarme
de que comenzabas el día con una sonrisa.
¿Lo he conseguido?

ELIA _ 10:03
Sí, lo has conseguido.

PHOENIX _ 10:04
Ayer no hablamos.

ELIA _ 10:04

Estuve ocupada...
Necesitaba pensar y tomar decisiones.

PHOENIX _ 10:05

¿Sobre qué?
Si puede saberse...

ELIA _ 10:06

Sobre si debería darme por vencida.

PHOENIX _ 10:06

¿Y a qué conclusiones has llegado?

ELIA _ 10:07

Sé que si me olvido de todo ahora,
tal vez avance más deprisa
hacia el futuro.
Pero por otro lado...
jamás dejaré de mirar con tristeza
al pasado.

PHOENIX _ 10:07

No entiendo qué quieres decir...
¿Puedes hablar más claro?

ELIA _ 10:08

Dime una cosa, Marcos.
¿Cuál es el recuerdo más vivo
que guardas de mí?

PHOENIX _ 10:10

Pues...
Mi recuerdo más vivo sobre ti...
es el de la tarde que nos conocimos.
El gesto de tristeza, impotencia y decepción
que se reflejaba en tu rostro
cuando no te dejaron volver a entrar a la sala.
No sabía quién eras, pero me conmovió tanto
que me prometí a mí mismo hacerte sonreír.
En ese momento y siempre que estuviera en mi mano...
Y que tú quisieras, claro.

ELIA _ 10:11
¿Sin conocerme siquiera?

PHOENIX _ 10:11
Precisamente por eso:
quería saber quién era esa chica
a la que le importaba tanto una canción.

PHOENIX _ 10:13
¿No dices nada?

ELIA _ 10:13
Marcos... Te echo de menos.

PHOENIX _ 10:13
Lo sé, Elia.

ELIA _ 10:13
Te echo tanto de menos
que no paro de leer una y otra vez
todos nuestros mensajes.

ELIA _ 10:14
Estoy dispuesta a aceptar un final,
no me malinterpretes.
Pero uno que escribamos nosotros,
no uno surgido de un maldito accidente, Marcos.

PHOENIX _ 10:14
Ya te he dicho que no queda nada
de ese Marcos...

ELIA _ 10:14
Y yo ya te he dicho que eso no es verdad.
Lo siento, pero no pienso dejar que nuestra historia
acabe en la pantalla de un móvil.

PHOENIX _ 10:14
Me temo que no nos queda otra opción...

ELIA _ 10:15
Yo creo que sí.
Y voy a intentar
lo único que ahora mismo
puede hacerme sonreír.

PHOENIX _ 10:15
Elia, no...

ELIA _ 10:15
Dicen que no hay promesas
que valgan más que las que nos hacemos
a nosotros mismos.
Yo solo te voy a ayudar a mantener
la que te hiciste el día que nos conocimos.

[Elia se ha desconectado]

TOMMY _ 11:56
Espero que salga bien, señorita.

ELIA _ 11:57
¡Muchas gracias, Tommy!
Luego paso a veros
y así os cuento cómo ha ido todo.

TOMMY _ 11:57
Esta noche Sue no estará en casa.
Tiene otros planes.
Una cena romántica con un chico.

ELIA _ 11:58
¿Cómo?
No me ha dicho nada, la muy traidora.
¿¿¿CON QUIÉN???

TOMMY _ 11:58
Con alguien que tenía cerca. :p
A veces somos un poco miopes para estas cosas
y no vemos lo que tenemos ante nuestra nariz.

ELIA _ 11:59
Se dice "ante nuestras narices", cowboy.
¡Qué alegría!
Vas a salir con Sue.
¡Yujuuuuu! ☺

TOMMY _ 11:59
Narices? Por qué narices?
Solo tienes una nariz, Elia.

ELIA _ 12:00
Jajaja.
Te dejo, que voy a buscar un taxi.
¡Un beso!

ELIA _ 12:22
Pillina, pillina...
¿Por qué no me has dicho
que tienes una cita esta noche?

SUE _ 12:23
Ahhh... Te aguantas.
Tú no me dices nada... pues yo tampoco.
:D

ELIA _ 12:23
¡Jajajaja!
Qué rencorosa eres...

ELIA _ 12:24
Puuuf...
Espero que vaya todo bien.
¡Qué nervios!
Me falta poco para llegar...

SUE _ 12:24
Pase lo que pase,
haces bien en ir, Eli.

ELIA _ 12:24
Lo sé.
Estoy muy asustada, pero sé que debo ir.
Lo necesito...
Dios, Sue, ¡el corazón me va a mil!

SUE _ 12:25
Adelanteeeee, ¡sin miedo!
MUCHOS ÁNIMOS.
¡Te quiero!

ELIA _ 12:25
Yo también...

PAPÁ _ 12:31
¿Aún estás en el taxi?

ELIA _ 12:31
Sí, estoy llegando.

PAPÁ _ 12:32
Deberíamos haberte acompañando.

ELIA _ 12:32
No, de verdad prefiero hacer esto sola.

PAPÁ _ 12:33
Te queremos, mi niña.

ELIA _ 12:33
Y yo a vosotros, papá. ☺
¡Luego os cuento qué tal ha ido!

MARION _ 12:40
Guapa, ¿qué tal estás?
¿Al final vas a ir a ver a Marcos?

ELIA _ 12:41
Sí, en ello estoy, de hecho.

MARION _ 12:41
Vaya... Así que hoy es el día.

ELIA _ 12:41
Eso parece...

MARION _ 12:42
Si quieres un consejo de tullida...
Cuando llegues, no te precipites.
Para él va a ser una impresión muy fuerte.
Es posible que no reaccione como esperas.
El dolor hace que a veces hagamos daño
a quienes más queremos.
Ten paciencia y, como dicen en el teatro...
¡mucha mierda!

ELIA _ 12:42
☺
¡Ya te diré qué tal acaba la cosa!
¡Un besito!

MAMÁ _ 13:02
¿Ya estás en la clínica?

ELIA _ 13:03
Acabo de cruzar la puerta del jardín.
No esperaba que esto fuera tan...

MAMÁ _ 13:03
¿Bonito?

ELIA _ 13:03
Grande.

ELIA _ 13:04
Pero tienes razón, también es precioso.
Y triste al mismo tiempo.
Como si las historias
que se esconden entre todos estos árboles
hubieran terminado mal...

MAMÁ _ 13:04
Seguro que no.
A todos ellos la vida les ha dado
una segunda oportunidad.

ELIA _ 13:05
Es posible...

ELIA _ 13:06
Marcos podría estar en cualquier parte
y esto es inmenso.
Voy a preguntar.

MAMÁ _ 13:06
Ánimo, cielo.
Eres muy valiente por haber llegado hasta aquí tú sola.

ELIA _ 13:06
No he llegado sola.
Todos me habéis ayudado.
Os quierooooo. ☺

ELIA _ 13:17
Te estoy viendo.

PHOENIX _ 13:19
¿Cómo?

ELIA _ 13:19
Que estoy aquí.
Contigo.

PHOENIX _ 13:19
¿A qué te refieres?

ELIA _ 13:19
No me hagas más preguntas
y pídeme que vaya a abrazarte.

PHOENIX _ 13:20
No sé de qué va esto,
pero no me gusta nada este juego.

ELIA _ 13:20
No es un juego, Marcos.
Puedo verte,
y ahora sé que me mentiste.
Sigues siendo tú.

PHOENIX _ 13:21
Esto es ridículo.
Aunque pudieras verme,
seguimos estando muy lejos
el uno del otro.

ELIA _ 13:21
Tienes razón.
Jamás unos pocos metros
me habían parecido una distancia tan infinita.
Bastará una señal tuya
para que vuelen el espacio y el tiempo.

PHOENIX _ 13:22
Pero Elia,
¿no entiendes que el accidente
puso punto y final a nuestra historia?

ELIA _ 13:22
No, te dije que nosotros escribiríamos el final.
Y lo estamos haciendo.
AHORA.
Y te aseguro que no es más que el principio...

ELIA _ 13:23
Marcos, yo también tengo miedo
Pero, por favor... necesito abrazarte.

PHOENIX _ 13:23
Elia, para, te lo suplico.
Es imposible.
Entiéndelo de una vez.

ELIA _ 13:23
No, Marcos, no es imposible.
Estoy aquí.
LOS DOS estamos aquí.

PHOENIX _ 13:24
Eso no cambia nada.
No puedo pedirte que te quedes a mi lado.
No sería justo.
Te quiero demasiado, Elia...

Pues ya es tarde, Marcos.
Porque yo también te quiero.
Si he llegado hasta aquí,
si he movido cielo y tierra para encontrarte,
si te he aceptado como fantasma,
si me he vuelto a enamorar de ti
en una pantalla de 5 x 9...
¿Como no voy a ser capaz de amarte
en una silla de ruedas?

[Elia se ha desconectado]

BALANCE DEL SÁBADO
Pulsaciones: 3185
Amigos: 6
Tiempo de conexión: 35 minutos

AGRADECIMIENTOS

JAVIER _ 16:50
A Francesc,
por la inspiración y la fuerza que me regala
cada vez que nos vemos.
Porque trabajar con él ha sido
una experiencia única y extraordinaria.

FRANCESC _ 16:50
A Javier,
por la enorme amistad y el talento
que me ha demostrado desde que nos conocimos.
Es un lujo poder compartir ideas, proyectos
y sueños conjuntos que se hacen realidad, como este.

JAVIER _ 16:51
A Carlota,
por creer en este proyecto desde el minuto cero.
Porque sus mensajes en forma de palabras,
gestos, miradas o emoticonos me siguen provocando
la misma emoción del primer día <3.

FRANCESC _ 16:52
A Katinka,
por haberme apoyado desde el principio
cuando ni yo mismo creía que sería capaz
de conseguir nada.
Por soportar diariamente todas las pulsaciones
que llevan a una novela como esta.

JAVIER _ 16:53
A mis frikis favoritos,
por esas conversaciones de mañana,
tarde, noche (y madrugada)
que solo nosotros entendemos.
En particular, a Lucía y a Keko.
La primera, por tener siempre abierta su consulta
para resolver todas nuestras dudas médicas.
El segundo, por prestarme uno
de los recuerdos de Phoenix.

FRANCESC _ 16:53
A Niko,
maestro cotidiano en el arte de la alegría,
la espontaneidad y el buen humor.
¡Me siento muy pequeño a tu lado!

JAVIER _ 16:54
A mis padres y mi hermana,
porque por muy lejos que viaje,
por mucho tiempo que pase fuera de casa,
ellos están siempre ahí.
En persona o a través del grupo del móvil.
Os quiero.

FRANCESC _ 16:54
A Joana,
por todos estos años de amistad
y aventuras musicales y literarias.
Es un honor poner estos latidos en tus manos.

JAVIER _ 16:54
A Dani,
porque sé que nuestro cruce de vidas
no ha sido en absoluto casual,
aunque esté repleto de casualidades.
Por ser el mejor amigo con el que compartir
sueños, dudas existenciales,
grandes momentos y Lays a la vinagreta.
Emoticono rubio *Emoticono corriendo*

FRANCESC _ 16:55
A Sandra,
por dirigir mi carrera desde hace diez años
con cariño, genio y confianza absolutos.
Nada de todo esto habría sucedido si ti.

JAVIER _ 16:55
A Ramón,
por inculcarme paciencia
y demostrarme (con pruebas)
que existen caminos
incluso cuando todo parece perdido.

FRANCESC _ 16:56
A nuestras editoras,
por sus minuciosas correcciones...

JAVIER _ 16:56
... y por ayudarnos a encontrar
las voces de nuestros personajes
a través de sus mensajes de texto.